ジャガーの王と聖なる婚姻

Elena Katoh
華藤えれな

CHARADE BUNKO

Illustration

周防佑未

CONTENTS

本作品の内容はすべてフィクションです。
実在の人物、団体、事件などにはいっさい関係ありません。

プロローグ

これは夢だ、こんなことが現実に起こるわけがない。

ひんやりとした大理石の床に横たわり、英智《えいち》は今にも自分にのしかかろうとするブラックジャガーを前に、ただただ息を殺していた。

果たしてこれは現実なのか夢なのか、それとも幻覚なのか。

「……っ」

場所は、メキシコ中央部――密林の入り口にひっそりと建てられた古びた教会。埃《ほこり》まみれの聖堂にステンドグラスから注ぎこまれた光彩が虹色の帯を描いている。

その中央――聖母マリア像の前に、突然、闇色の獣が現れたのは数分前のことだった。

黒々とした体軀《たいく》がまばゆいばかりに艶光《つやびか》りし、彼が前肢《まえあし》を動かすと、床に刻まれた影もゆらりと揺れる。

「――聖なる婚姻を執り行うぞ」

低く、深みのある声が聖堂のなかに反響する。その声は、まぎれもなくブラックジャガーのものだった。

聖なる婚姻――――？

何のことなのか、わからない。

いや、それよりも一番わからないのは、今日、自分に起きたことの数々。

そしてなによりも今、自分の前に巨大なブラックジャガーがいて、人間の言葉を発していることだ。

「悦べ、おまえを私のつがいにしてやるのだ」

その尊大な言葉。ブラックジャガーの悠然とした声音と偉容を誇る立ち姿に圧倒されたように英智は身動きがとれない。

金色の双眸《そうぼう》が、きらりと陽を反射させる。見る者を甘美な夢にいざなうような蠱惑的《こわくてき》な眸《ひとみ》の光。目があったとたん、ざぁっと甘ったるい熱の波が身体の奥底を駆けぬけていく。

「……あ……く……っ」

ブラックジャガーへの恐怖はない。

それどころか、どういうわけか、発情したように身体の芯が熱っぽく疼《うず》き、ほおが上気し、目が潤んでくる。

(何だ……この身体の反応は……)

困惑している英智とは裏腹に、ブラックジャガーはただこちらを見つめたまま、じっと静かに佇《たたず》んでいる。

見つめられているだけで、ちりちりと身体が焦《こ》げそうなほど熱くなってくる。

首筋のあたりが張り詰め、やがて全身の皮膚という皮膚が獣の眸に焙《あぶ》られるような感覚がじわじわと広がっていくのだ。

「すぐに私のものにしてやろう」

「え……」

冷笑を浮かべ、ジャガーは祭壇からふわりと飛び降り、英智の前に近づいてきた。

「……っ……やめ……っ」

のしかかられそうになり、反射的に後ろに逃げようとする。しかしその次の瞬間、忽然《こつぜん》とジャガーの姿が消えた。

「――っ！」

はっと動きを止め、英智は息を呑《の》んだ。

どうして。姿がない。ジャガーがいない。いったいどこに消えてしまったのか。

「どうして……」

なにが起きたのかわからず、身体を起こしてあたりを見まわそうとしたそのとき、すぅっと黒い人影が英智の顔を覆った。

えっ……と自分に降りかかってくる大きな黒い人間の影。目をみはった英智の視界に、突然、長身の男が現れた。

（……っ）

そこにいたのは、ジャガーではなく、官能的なまでに美しい男性だった。

一八〇以上はあるすらりとした体軀に白いシャツを身につけ、黒いボレロ風のジャケットと腰高のズボンを着ている、
片側の肩に赤と白と青と緑がストライプになったケープを無造作にかけ、悠然と腰に手をあてがっていた。

（バカな。今、確かにここにジャガーがいたのに……いつの間に……）

何度まぶたを瞬かせてみても、聖堂のなかにブラックジャガーの姿はない。だが出て行った気配もしなかった。

その代わり、英智の目の前に現れたのは、この男だった。

艶やかな黒髪が背中まで長く垂れ、窓から入ってくる風に優雅に靡《なび》いている。光のかげんによって紫色がかって見えるくっきりとした黒い双眸が蠱惑的にこちらを捉《とら》えていた。

「まさか……あなたが……今のジャガーなのか……」

おそるおそる問いかけると、男は口元に艶笑を浮かべた。

完璧なまでに美しいその笑みに目を奪われかけたが、刹那《せつな》、すぅっと彼の背に紫がかった闇色の気配のようなものが揺らぎ、英智は目を眇《すが》めた。

（え……っ……）

今見えたものは何だったのか。

呆然としている英智を艶やかな眸で見下ろし、男は静かに答えた。

「そう、ジャガーは私の仮の姿……いや、真の姿だ」

英智はごくりと息を呑んだ。

「ではあなたが……このメキシコの伝説の……」

いにしえから、メキシコの地にはジャガー神の伝説がある。

「そう、ジャガー神だ」

低く深みのある声が聖堂に反響した瞬間、英智の鼓動は激しく高鳴った。

（そうか……そうだったのか……この男が）

闇の世界の神、雨の神、密林の帝王――と呼ばれ、神々しさと禍々《まがまが》しさを備えたミステリアスな神として畏《おそ》れられ、崇《あが》められている存在。

神格化された人間、いや、本物の神。

今、目の前で起きた不思議に圧倒されたかのように、英智はジャガーの姿から変容した美しいメキシコ男性の姿を、ただ息を殺しながら凝視していた。

1　ジャガーの影

その男と出会った日——その日は、いつもとまったく変わらない日だった。

朝はスマートフォンのアラームの音で目を覚まし、一番に水を飲み、シャワーを浴びる。シャツとジーンズを身につけ、出勤のために外に出ると、恐ろしいほど青いメキシコの蒼《そう》穹《きゅう》が上空を覆っていた。

ふだんと変わらない、何の変哲もない朝である。違いがあるとすれば、離れて暮らしている母親の再婚準備のため、いつもより一時間ほど早くアパートを出たことだった。

(今日も暑くなりそうだな)

澄んだ青空に真っ白なちぎれ雲が点々と浮かびあがり、地上に大きな影を落としながらゆったりと移動していた。

メキシコ中央部の高原地帯にあるグアナファト。ここは街全体が世界遺産に登録され、スペイン植民地時代の空気がそのまま残っている風光明媚《ふうこうめいび》な街である。

大通りや目抜き通りには、数百年続いた植民地時代に建てられたスペインバロック様式の優美で重厚感のあるクラシカルな建物が建ち並ぶ。

けれど英智のアパートがあるような裏通りに入ると、街の様相が一変する。

石造りの建物の壁が崩れ、石が剝《む》き出しになっていたり、窓枠が壊れかかったり、黄色や赤、水色といった原色で固められた建物のペンキもあちこち剝《は》がれているのだ。

そうした建物がひしめきあうような街角から、焼きたてのパンの香ばしい匂いや朝食用のベーコンやニンニク入り卵料理の香りが漂い、路地にいるだけで空腹が刺激される。

目にもまばゆい明るい太陽のせいか、濃厚な空の色のせいか、崩れかかった建物も汚れた路地の石畳も、なにもかもが鮮やかに見える。

最近、英智はこの街のダウンタウンの一角にある小さなアパートに住むようになった。半年前、警察官として近郊の空港での駐在を命じられたからだった。

朝食をとろうと、英智はアパートのむかいにあるカフェのカウンターのスツールに腰を下ろした。エスプレッソマシーンから漂う香ばしいコーヒーの香りを味わいながら、ふだん食べているメニューを注文する。

「朝食のセットを」

「了解。今、用意するな」

浅黒い肌の大柄なウエイターが、ガラスケースのなかから、フルーツを盛りつけた小皿を取り出し、ポンと英智の前に差しだす。

「サボテンフルーツはおまけだ、大盛りにしておいたぜ」

「それはありがとう」

「ところで、英智、今日はちょっと早いんじゃないか。早朝出勤なのか？」

「いや、寄るところがあって」

「寄るとこ？」

「教会に」

「ああ、教会の事務所は閉まるのが早いからな。それにしても、いつも夜遅くまでご苦労なことだな。危険も多いのに、偉いよ」

「偉い？」

「だってあんたたち警察のおかげで、こうして俺たちは無事に暮らせてんだから」

「俺は……そこまでのことはしてないよ」

本当は、志があって警察官を目指した。だが就任以来、なにか人々の生活に役立っているかといえば、そうでもない。

「そうはいっても、おまえさんの勤務している空港には、麻薬や盗品の密輸、それにテロの摘発といったヘビーな仕事があるじゃないか」

「それはそうだが、アメリカとの国境にあるシウダー・ファレスなんかに比べると、この街はずっと治安がいいから」

英智は淡々と答えた。

「あそこは警察がいないって話だが、ホント、あんたたち警察官には頭が下がる思いだよ」

そんなふうに言われると心が痛い。

確かに表面的には空港の治安を守ってはいるものの、警察は地元のマフィアに逆らうことができない。彼らが行っている麻薬の密売や密輸品の売買等は見て見ぬ振りをしろ、一般人の密売だけを摘発しろ——上官から命じられている。

命が惜《お》しかったら、よけいなことはするな、それが警察官としての鉄則だと耳が痛くなるほど言われ続けているが、果たしてそれでいいのかどうか。

この国の治安を守りたくて警察官になったのに、これでは何の意味もないのではないか。

俺はなにをやっているのか。毎日、そんな虚《むな》しい自問自答をくりかえしている日々。

このまま警察にいても、自分が目指している生き方からどんどん離れていっているのではないか。英智はそんな葛藤《かっとう》をかかえていた。

「——さあ、食え食え。大盛りにしておいたから。しっかり体力つけて、今日も一日、がんばってくれよ」

ドンと大きな皿を渡され、英智は苦笑した。

もともと内向的な性格というのもあるが、職業的なことも加わり、どちらかというと無愛想で人付き合いが悪く、表情をめったに変えることがないタイプである。

だがこの国の人間は、こちらがどんなに寡黙にふるまっていても、いっさい気にせず、明るく元気なラテン系のノリでぐいぐい押してくる。

テンションの高さに圧倒されるときもあるが、イヤだと思うことはない。

日系メキシコ人でありながらラテン的要素の少ない自分は、そのくらい熱くこられなければコミュニケーションをとるのがむずかしい。陽気な店主の言葉にあいづちをうちながら、英智は差しだされたふわふわの卵料理にフォークを入れた。

メキシコの典型的な朝食。とうがらしで味付けした卵と豆の煮込み料理だが、カットしたトマトとアボカドがトッピングされているので、辛くて食べられないほどではない。

（そういえば、母さん、料理は下手だったが、この煮込みだけはすごく上手だったな。父さんの好物だったから……）

濃厚な卵の味がまろやかに舌の上で溶けていくにつれ、家族三人で暮らしていた時間を思い出し、胸の奥が痛くなってくる。

今はもういない父や祖父母、何年も会っていない母。

『たくさん食べなさいね、英智は細いんだから』

母のことを思い出しながら、焼きたてのパンをちぎって口のなかに放りこんだ。

そんな英智の姿がカウンター脇の壁に飾られた埃まみれの等身大の鏡に映りこんでいる。

細身ではあるが、一七六センチの身長は、平均身長がさほど高くないこの国では、どちらかというと長身の部類に入るだろう。

癖のない長めの前髪、くっきりとした吊《つ》りあがり気味のシャープな双眸、ほっそりとした鼻梁《びりょう》、への字型の口元。舞台映えしそうな容姿なので、たまにタレントかモデルをやらないかと誘いがくるが、人見知りで無口なので華やかな仕事は向いていないだろう。愛想が悪いわけではないものの、警察のなかでもクールでもの静かな雰囲気の強面《こわもて》と思われている。

「ごちそうさま。じゃあ、また」

食事を終え、英智はカウンターにコインを置いた。

「くれぐれも気をつけてな。命があってこそだぞ」

カウンターに伸びた英智の手首を、店主が手のひらで包む。英智は微笑した。

「ありがとう」

「いつでも神があんたを守ってくれるように」

大げさなほどの別れの言葉。毎朝、そんなふうに言われる。

彼らはそれほど警察の仕事を危険だと思っているのだ。密輸の現場となる空港は、とくに。最近ではテロの心配もある。

空港勤務になる前は、そんなに緊張感のある勤務ではなかった。

ここから車で一時間ほど郊外にある父の実家に住み、警察官として地元のパトロールみたいな勤務にあたっていたのだ。

英智の父親は曾祖父《そうそふ》の代にメキシコに帰化した日系人の子孫だった。

太平洋戦争前に満州《まんしゅう》に行ったものの、敗戦後、居場所がなくなり、夢を求めて南米に移住した日系人の子孫である。

父はマヤ文明やアステカ文明を研究する文化人類学者だった。

一方、昆虫学者だった母は、かなり変わり者で、中南米特有のカラフルで猛毒を持つ蝶《ちょう》や蜘蛛《くも》の研究をしていた。

中南米での研修中、たまたま父の祖父母が経営していた骨董屋《こっとうや》を訪れたとき、祖母に誘われ、そのまま部屋を借りて下宿することになり、父と知りあったらしい。

エキセントリックな学者同士、すぐに意気投合して結婚した。

二人はメキシコでも比較的治安のいい中央高原地帯の密林の近くにある動物や遺跡保護区に住み、すぐに英智が生まれた。

研究以外に興味のないタイプだったが、気さくで仲のいい両親で、父親の両親――祖父母が一緒だったこともあり、子供のころはにぎやかで、いつも笑いの絶えない家庭だった。

(そういえば、あのころは俺も今みたいに人見知りじゃなかった気がする)

だが十三年前、祖父が亡くなったあと、英智が十歳のときに悲劇が起こった。

アステカ遺跡の文化財保護にむかった父は、文化財密売の抗争に巻きこまれ、銃撃されて亡くなってしまった。それ以来、母は隣国のコスタリカの研究所に勤務し、ひたすら研究に没頭するようになった。まるで哀しみから逃れるかのように。

英智もそれからはあまり笑わなくなったように思う。

母は父を喪《うしな》った哀しみもあり、メキシコには一度ももどってきていない。

コスタリカに行くとき、母から一緒に行かないかと誘われたが、英智はメキシコに残ることにした。

『母さん、俺、ばあちゃんと二人でメキシコに住む。母さん、いつか帰国しても大丈夫だと思うようになったら、こっちにもどってきて。それまで家を守っているから』

英智はそう言って母を見送った。

淋しかった。だがそれでも泣いている母を見るよりは、大好きな毒蝶や毒蜘蛛の研究に夢中になっている姿を見るほうが幸せだと思ったから。

それにその分、祖母が英智を大切に育ててくれた。

祖母は、メキシコ人と日系人とのハーフで、カトリックでありながら、自然の神に畏敬の念を抱いていたように思う。

どちらかというと古代の神への信仰心のほうが厚く、一緒に骨董屋の店番をしていると、よくマヤやアステカ文明の神の話を聞かせてくれた。

数年前、英智が警察官になるのを見届けたあと、安心したのか、風邪がもとであっけなく亡くなってしまったが、祖母がいてくれたおかげで淋しさを感じることはなかった。

友達が多く、面倒見のよかった祖母は、骨董屋にいる素敵なおばあさんとして、近所の人たちから家族のように親しまれていた。

それにたくさん動物もいた。隣の家にいたノドシロオマキザルの一家が英智の家にもしょっちゅう遊びにきていたし、むかいの家の犬とも仲良しだった。それに近所の人が世話をしていたアライグマや兎《うさぎ》ともよく一緒に遊んだ。

だから今でも、地元の村にもどると、近所の人たちが英智を家族のようにむかえてくれるし、動物たちの世話をたのまれることもある。店舗は閉じてしまったが、空き巣が入らないようちゃんと管理してくれている。

警察官になったときも、危険だから早く退官しろと皆が言っていた。

最近は、麻薬関連のマフィアとの抗争が多く、警察官のなり手が減っている。みんな、マフィアを怖れているからだ。

もちろん英智も怖くないといえばウソになる。

けれどそれ以上に、父のような悲劇的な事件が二度と起こって欲しくなかったし、遺跡や文化を守りたいという気持ちのほうが強かった。

警察に入って五年、最初のうちは地元の村で働き、森林保護区の警備なども任されていたが、昨年末からグアナファトの空港勤務となった。唯一の肉親で、隣国にいる母は、最近、ドイツ出身の爬虫類《はちゆうるい》学者の男性と恋をして、一緒に暮らすようになったらしい。

先日、そのことで電話がかかってきた。

『再婚することにしたんだけど、いいかな?』

パソコンの画面から見える母の顔が、明るく幸せそうなことに英智はほっとした。父が亡くなってからは研究に没頭するあまり、痩《や》せ細り、このままどうにかなってしまうのではないかと不安だったからだ。

『ああ、大賛成だ』

『ありがとう。英智にも早く紹介したいわ。彼、ヤドクガエルの専門なのよ』

『相手も学者?』

『そうなの。そうそう、毒といえばね、コスタリカには、猛毒の蛇フェルデランスがいっぱいいるのよ。すっごくかっこいいの。美しさではメタリックブルーのモルフォ蝶が最高だけど、毒蝶も負けていないわよ。でも、彼はヤドクガエルのほうが綺麗って言うの。確かにこんな親指の爪ほどの大きさのカエルが致死量の毒を持っていうのもミステリアスだけど』

嬉々《きき》とした表情で、母は自慢げに毒蝶と毒ガエルの写真を交互に見せてくれた。

『あ、それでね、英智、来月、祝日に二人でメキシコに行くことにしたの。紹介したいから、休みをとっておいてね』

祝日? 来月早々にメキシコでは『死者の日』という祝日がある。

『じゃあ、こっちに?』

『ええ、一週間ほど。父さんの墓参りもするわ。彼も一緒に挨拶《あいさつ》するって。とってもあたたかい人よ。まだ父さんのことを考えると胸が痛むけど、立ち直れたのは彼のおかげなの。ごめんね、英智のこともずっと放りだしたままで。お義母さんが亡くなったときも、ブラジルの学会に行っていて知らなくて、英智になにもかもまかせて。最低の母親よね……私って』

『いいよ、そんなこと。元気でいてくれたら』

本当にそう思う。暗く打ちひしがれている母よりも、毒蝶の学者として、オタク道を貫いてくれているほうがずっといい。

『本当にいい子ね。こんないい子、他にいないわ。育ててくれたお義母さんに感謝しないとね。今さらだけどお墓参りもしたいし、実家の荷物も整理したいから、一週間くらいそっちで過ごすわ。英智も休みとってね』

『ああ、じゃあ申請しておく』

『そのときに彼とも結婚式を挙げようと思って、教会も予約したの。英智、エスコートを頼んでいい？』

『あ、ああ』

『それから、どこか教会の近くのレストランも予約して欲しいの。彼の親戚《しんせき》や私の日本にいる妹、それからここの仲間、前に近所いた人たちも招待したから』

『確か近くにガーデンパーティのできるところがあったはずだ。あとはマリアッチもさがしておくよ』

英智がそう言うと、母はいきなり画面のむこうでクスクスと笑い始めた。

『やだ、英智って、シャイで人見知りで、あまりメキシコ人らしくないと思っていたけど、そういうところはやっぱりメキシコ人ね。日本人にはマリアッチなんて発想ないのよ』

『え……日本にはないの？』

『ないない、メキシコ以外で見たことないわ』

『そうなんだ』

『そういうとこも典型的なメキシコ人ね。他の国に興味がないのよね、あなたたちって。見れば、顔も日焼けしてるし、どことなく雰囲気がメキシカンの若いイケメンて感じね。体型的にも色気があるし、ずいぶんいい男になったわ。モテるでしょう？　彼女いる？』

『いや、俺、興味なくて』

英智は肩をすくめて苦笑いした。

『恋愛経験なし？　これまで彼女がいたことは？』

問いかけられても困惑したままの英智に、さすがに母はあきらめたように苦笑した。

『そう、初恋もまだなの。昆虫オタクの私でさえ、ちゃんと恋愛できたのに』

初恋もまだという言葉に、英智は苦笑した。

この国の男女で、英智くらいの年齢で恋愛経験がないというのは化石並にめずらしい。

恋愛経験がなくとも、好奇心から性の体験をしている同級生もいたし、性欲が抑えきれず女性に次から次へと声をかけている先輩もいたが、英智自身はこれまで女性に欲情したことは一度もなかった。

それどころか彼女や恋人が欲しいと思ったことすらないのだ。

昔からそうだった。

誰かと一緒にいたいというより、森のなかで、祖母から聞いた物語を思いだし、かつて古代文明で神と崇められてきた動物たちを眺めているほうが好きだった。

とくに心惹《ひ》かれるのは、神といわれたジャガーだった。

このあたりの古代文明には、動物を神として信仰した歴史が存在する。

猿神、蛇神、霊鳥、ワニ、それからジャガー神。

子供のころ、英智は祖母から、とくにジャガー神の話を聞くのが大好きだった。

ジャガーは大地の神であり、その豹《ひょう》のような斑の紋様は夜空の星を表し、いつしか闇の世界の神といわれるようになった。

そんな話を聞いて育ったせいか、父が亡くなったあと、ジャガーに会って、俺にもこの世を悪から守る力を少しでも分けて欲しい、と頼もうと真剣に考えていた時期もあった。

神秘とされてきた森の動物への憧れ。

崇められ、畏れられてきた存在。強くて恐ろしくて、絶対な神。

そんなことばかり考えていたせいか、学校の友達と行ったパーティでも、女の子にジャガー神の話をして、変人扱いされたことがある。だから学生時代、女の子は誰も英智に近づいてこようとしなかったし、警察に入ってからは仕事仕事で、友達や彼女を作る余裕はなかった。

『英智ももういい年なんだから、そろそろ彼女を作って、お母さんを安心させてよ。あ、でもまだ孫はいらないかな。おばあちゃんと言われるのはイヤだから』

『大丈夫だよ。今は、ただ目の前の仕事に必死だから』

『メキシコの警察、大丈夫なの？　よくマフィアに殺されているニュースを見るけど』

『安全とは言い切れないけど、そこまでひどくないから』

『英智には父さんの分も幸せになって欲しいの。どう、コスタリカにこない？　こっちのほうが安全よ』

『ありがとう。でも俺、父さんのような事件を再び起こしたくないという信念から警察官になったから、逃げたくないんだ』

英智の言葉に、母はため息をついた。

『その正義感は、母として誇りに思うけど……身の安全が一番よ。命だけは大切にして。絶対にお母さんを哀しませないでね』

『わかった』

英智はそう約束し、来月の再会を心待ちにしていた。

(正義感……か。そこまで立派なものじゃないけど……ただ俺は、どうしても生命や文化をないがしろにすることが許せなくて)

メキシコの治安の悪さは世界的にも名高い。

英智がひとりでがんばったところで、この国の治安がよくなるわけではないし、この国の歴史が変わるわけでもないというのはわかっている。

(それでも……俺は俺なりにがんばりたい。できるかぎりのことを。母さんと約束した以上、命を粗末にする気はないけど)

英智は首から下げたペンダントの鎖を指にひっかけた。

そこから下がっているのは、マヤ文明とアステカ文明ではケツァルパパロトルという鳥の顔をした蝶をモチーフにしたペンダントトップ。この地では「尊い蝶」というそうだ。父がくれた「魔除《まよ》け」である。父も子供のころに祖母からもらったらしい。

マヤ文明の史蹟《しせき》では、雨の神とも闇の世界の神ともいわれているジャガー神の神殿の上に、この「尊い蝶」の神殿があるらしい。

『これを持っていると、きっと英智にもジャガー神の加護があるよ。父さんと母さんが忙しくても、これを下げているときっと護《まも》られるはずだから』

父はそう言って、そのペンダントを英智の首にかけてくれた。

大きな目をした愛らしい風貌《ふうぼう》をした蝶のペンダント。目にはメキシコ原産のファイヤーオパールが埋めこまれている。

英智は迷信じみたものを頭から信じるタイプではないが、祖母や父の影響だろうか、これをつけていると、不思議とジャガー神に見守られているような気がするのだ。

このペンダントは今となっては父と祖母の形見だが、マヤ文明とアステカ文明の蝶の組み合わせは、祖母と両親の趣味をぎゅっと凝縮させた感じがして、幼いときからずっと両親の代わりのように感じて、肌身離さずつけている。


朝食をとったあと、英智は市内中心部の教会に行き、母の結婚式の予約を確認し、隣接するホテルのレストランで当日の打ち合わせを済ませた。

「──わかりました。では、教会でのお式のあと、こちらでガーデンパーティをひらくという形になるのでしたら、金額はこのくらいに。ご宿泊も当ホテルをご利用いただくので、割引をいたしますね」

「どうぞよろしくお願いします」

料金も母の提示した予算内におさまり、英智はほっとしてホテルの外に出た。

結婚式には外国からも大勢やってくる。少しでもメキシコらしい雰囲気を味わってもらうため、ホテルには、最高級のメキシコ料理の準備を頼んだ。

（あとは……外国からくる人のために、メキシコらしい音楽やダンスを用意できれば）

ホテルのファサードに立ち、英智は教会前の広場を見まわした。

青々とした空が広がったお伽噺《とぎばなし》のように美しい世界遺産の街グアナファト。

緑の豊かな高原や山々が街をとりかこみ、スペイン植民地時代に建築された優美で、荘厳な教会が多く建ち並ぶ。

メキシコらしい黄色や赤といった色彩のあざやかな壁の建物を除けば、ドン・キホーテ博物館や、ギリシャ風のファサードの劇場を始め、バロック様式の教会や博物館が街を優雅に飾り、ヨーロッパにまぎれこんだような錯覚を与える。

そんなグアナファトの名物といえば、二種類の伝統的な楽団だろう。

一つは中世時代のスペインの学生服を身につけて愛の歌を歌うトゥナ。

もう一つは、もう少し近代的な衣装を身につけ、同じく愛の歌を歌うマリアッチ。

メキシコ社会でマリアッチという楽団が発展したのは、メキシコの女性は気が強く、男性はといえばとてつもなくシャイなので、面とむかって愛の告白ができないからだ。

だから楽団を雇って、好きな女性の部屋の下で音楽を演奏し、愛の歌をプレゼントして愛を告白する習慣がある。

尤《もっと》も、最近ではそういう風習も少なくなり、彼らは観光客用の伝統的な集団として残っている印象だった。

せっかくなので母の結婚式に、マリアッチかトゥナの演奏があれば、海外からやってくる招待客が喜ぶだろう。そんなことを考えていると、ちょうど広場の中央で、トゥナともマリアッチともわからない音楽集団が演奏を始めた。

観光客たちがものめずらしそうに集まり始めている。

英智も釣られたように足を進めた。

バロック時代の衣装を身につけ、楽器を手にした綺麗な若い男性数人の楽団だった。

ギターとマンドリン、ヴァイオリンとチェロ、それからアコーディオン。

中心に立っているギタリストの足元にふたのひらいたギターケースが置かれ、通りすがりの観光客が小銭を投げいれていく。

同じようにジーンズのポケットから小銭を出し、ギターケースにそっと入れたそのとき、一人だけ遅れてきたのか、目の前を黒い影がよこぎり、次の演奏が始まった。

「……っ」

耳に飛びこんでくるヴァイオンの音色。

そのあまりに優美な弦の響きに、英智ははっとして顔をあげた。

一人、ヴァイオリニストが新たに加わっている。

そのヴァイオリニストが主旋律を演奏し、他の楽団員が伴奏をやっているようだ。

教会前の広場。空はまだ朝の九時前だというに濃密な青に染まり、蕩けんばかりの陽光が降りそそいでいる。

火焔樹《かえんじゅ》の赤い花から降り落ちてくる木漏れ陽が焔《ほのお》のように揺らめくなか、石畳にその男の濃密な影が刻まれていた。しっとりと愛しい恋人でも抱くように、飴色《あめいろ》のヴァイオリンを肩に置き、男が伏し目がちにヴァイオリンを演奏している。

艶やかで美しい音色。震えるような繊細な弦の響き。これまで耳にしたことがないような、深みと繊細さと神々しさを感じる音色に胸を締めつけられ、英智は息をするのも忘れたように、その男の演奏に耳をかたむけた。

美しいのは音楽だけではない。

その男の風貌も音楽同様に優美で、スパニッシュとメキシカンがそれぞれもっている男らしい妖艶な色香とストイックさをにじませている。後ろでひとつに結ばれた綺麗な黒髪は、一体どんな手入れをしているのかと思うほど艶やかで美しい。

うっすらと褐色がかった官能的な肌の色。野性味と濃艶な官能性。それでいてヨーロッパの貴族を思わせるような優雅さ。

身長は一八五くらいだろうか。中世風の黒いマントを片側の肩にひっかけた漆黒の衣装。その上からでも、彼の体軀が見事なまでに均整がとれ、腰の位置の高さも含めて、圧倒的に美しいことが見てとれる。

メキシコにはかつてのスペインからの移民の子孫と現地のネイティヴアメリカンとが混在している。多くの人種の血が複雑に混ざりあうと、信じられないほどの麗人が生まれるという話を耳にするが、彼もそのたぐいだろう。

「…………っ」

けれどなによりもその音楽がすばらしい。

音楽の題名も作曲家も知らないが、噎《むせ》び泣くように甘く切なく、そしてなにより心地よく耳に解けていく旋律が狂おしく英智の胸を包んでいく。

その音色を聴いていると、子供のころを思いだして胸が締めつけられるのだ。

幸せだったころ。大好きだった祖父母、それから父と母。

家族の愛にあふれていた日々が、そのヴァイオリンの音を聴いていると甦《よみがえ》ってきて胸が痛い、苦しい。

気がつけば、英智はこみあげてくるものに、耐えきれず眸に涙をにじませていた。そんな英智の様子に気づいたのか、演奏を終えると、男は静かに近づいてきた。

「なにを泣いている」

ヴァイオリンの弓の先で、男がくいっと英智のあごを持ちあげる。

「……っ」

「切なそうな顔をして。なにか哀しいことでもあったのか？」

哀しいこと？　とっさに英智はごまかすように笑った。

「あ……いや、あまりに……今の音楽が美しかったので感動して……。プロの音楽家なら、母の結婚式の演奏を依頼したくて」

「母親の結婚式？」

「あ、ああ、来月にあるから」

そのとき、彼のまわりにいた楽団は別の音楽を演奏しながら、観光客らを引き連れて路地のむこうへと移動しようとしていた。

「あ、すまない。仕事中に。彼らと一緒に……」

「いや、仲間ではない。急にヴァイオリンが弾《ひ》きたくなったので、一曲、伴奏をしてもらっただけだ」

「では、今のはたまたま一曲だけ演奏していたのを……」

「そうだ、それをおまえが耳にしたわけだ」

「そうか、だからか」

「だから？」

「いや、他の人には申しわけないんだが、俺の耳にはあなたの音楽だけが特別なものに聞こえたから」

英智の言葉に男は目を細めた。

「私の音楽だけ……どう聴こえたんだ？」

「大げさかもしれないが……昔、家族みんなで一緒に暮らしていたときの、愛情にあふれた日々を思い出して、何だか知らないけど魂が震えて……」

自分にしてはめずらしく饒舌《じょうぜつ》になっていた。彼の音楽に感動したせいか、この男が持っている大きくて包みこむようなオーラのせいか、心のなかで思ったことが、ありのまま言葉となって口から出てきていた。

「……愛にあふれて……か」

男が口元に笑みを浮かべる。その一瞬、彼の黒い眸が太陽の光を吸いこみ、妖《あや》しくも神々しい紫色に煌《きら》めく気がした。

「……」

なにかひとりごとのような言葉を呟くと、男は英智の肩に手を伸ばし、そっとほおに挨拶のキスをしてくる。

「……おまえがそうなのか？」

耳元をかすめる吐息。

囁かれた言葉の意味がわからず、顔をあげると、男は英智の肩から手を離した。

「今……何て……」

男は微笑した。

「いや、美しい男だと思って」

「俺が？」

「そうだ、その繊細な感受性、清い心、私のヴァイオリンに感動して涙を流す純粋さ、それにその凜《りん》とした風貌、美しい肉体のライン。生まれたのが今の時代で良かったな」

「え……」

「アステカの時代なら、おまえのような人間は、太陽神に生贄《いけにえ》として捧《ささ》げられただろう。美しく、勇敢で、清らかな者が選ばれたのだから」

多神教を信仰したアステカでは、日常的に大量の人間が神に生贄として捧げられた。神官四人に両手両足を押さえられ、生きたまま心臓を抉《えぐ》られ、首と胴を切り離されて。

一方、マヤの生贄は神に為政者が自身の血を捧げたとも、あるいはアステカと同じような傾向があったとも言われている。

「おもしろいたとえだけど、俺は別に勇敢でも美しくもないから」

「東洋的な顔立ちをしているが……日系か？」

「ああ、祖母がメキシコ人とのハーフだったけど、それ以外はすべて。父はマヤやアステカ文明の遺跡を守る仕事をしていた」

「なるほど。だからこんなものをつけているのか」

男はすぅっと弓の先に英智が首から下げていたペンダントの金の鎖をひっかけた。すーっとケツァルパパロトル——尊い蝶のペンダントが出てくる。

「これは……」

「めずらしい、ケツァルパパロトルのペンダントとは。このファイヤーオパールからは深い愛のオーラを感じる」

深い愛のオーラ……。

「子供のとき、父が護符としてくれたものだ。それから肌身離さずつけているが……確かに、ここにはあなたの言うとおり、家族の愛が詰まってると思う」

「母親が結婚するというのは、その父とは別れてしまったのか？」

「……父は学者だったが、十三年前、密売人から遺跡を護ろうとして殺害されて」

本当にどうしたのだろう、初対面の相手なのにこんな話までしてしまって。

「では、おまえの父親とは別の男と結婚するわけか」

「ああ」

「いいのか？」

「当然だ。母には幸せになって欲しい。だから盛大に祝いたくて」

英智の顔をじっと見たあと、男はケツァルパパロトルのペンダントトップを手につかみ、目に埋めこまれた赤いファイヤー・オパールにそっとキスした。

「せっかくだ、本物の神から魔除けのまじないをもらっておけ」

「え……本物の神って？」

小首をかしげた英智の胸に、男はペンダントをしまい直した。

「この先、おまえには神の加護があるだろう。私の音楽を美しいと言ったその美しい心を失わないかぎり」

「……あの……意味が……」

いぶかしんでいる英智の顔を見つめ、男はふっと目を細めて優美にほほえんだ。

「引き受けよう、母親の結婚式はいつだ？」

「死者の日の翌日だけど、大丈夫か？」

「ああ、曲は？」

「今のがいい。タイトルもなにも知らないけど、あれはマリアッチの曲？」

「いや、クラシックの編曲だ。パガニーニのヴァイオリン協奏曲四番のアダージョを私が少し好みの方向に編曲した」

「編曲？　すごい」

「それほどでもない。おまえこそ、ずいぶんパガニーニに感動してるから、クラシックの音楽が好きなのかと思ったが」

「いや、パガとか、ニーニとか言われても、俺にはわからなくて」

「そうだな、あまりこの国では知られていない」

「あ、いや、単に俺が無知なだけで。知ってるのはベートーベンの『運命』と『第九』、それからモーツァルトとショパンの名前くらいしか」

「上等じゃないか、それだけわかっていれば」

「作曲家は知らないが、今の曲……すごく良かった。感動した。だから今の曲がいい。そのままの演奏が聴きたい。今もまだ耳から離れなくて……」

本当に自分でも不思議だった。人見知りなのに、どうしてこんなに積極的なことを口にしているのだろうと。

そんな英智の姿を、男が見ている。まばたきもせず、ただじっと。

あまりにまっすぐ見つめられ、英智は我にかえった。自分がずいぶんと饒舌過ぎて、変に思われたのだろうかと、恥ずかしくなったのだ。

「すまない、いきなりこんなこと」

男はおかしそうにふっと笑った。

「どうして謝る。そんなに気に入ってもらえて光栄だと思っていたのに。では、今の曲を中心に、数曲、用意しておこう」

「ありがとう。そうだ、金額は？」

「必要ない」

「だけど」

「演奏は趣味だ。金はとらない。ましてやこの国の治安を守るために働いている警察官から金なんてとれない」

「でもあんなに素晴らしい演奏なのに」

男は鷹揚《おうよう》にほほえんだ。

「では……キスをくれるか？」

「え……」

首をかしげると、男は艶やかに微笑した。

「おまえのキスを」

「キス……？　かまわないが、そんなものでいいのか？」

「ああ」

うなずいて、男がほおに唇を近づけてきた。緊張して息を吸いこんだそのとき、男の唇がほおから唇へと移動する。

「ん……っ……」

軽く触れるだけのくちづけだった。彼の身体から甘い薔薇《ばら》のような香りが漂ってくる。ぎゅっと熱っぽい唇でふさがれ、思わず英智は硬直した。

「……っ………あの……っん……っ」

後頭部を男の手に抱きこまれ、くちづけされたまま人目を避けるように火焔樹の幹に背から押しつけられていく。

さっきよりも濃く薔薇の甘い匂いを感じ、胸の奥にたまらない疼きが広がる。

官能を刺激する匂い。さっきまで聴いていたすすり泣くようなヴァイオリンの音色が甦り、その香りと絡みあい、脳のなかで奇妙なほど蕩けあっていく。

何だろう、肌がざわざわする。

睫毛《まつげ》を揺らし、わずかにゆるめた唇の隙間《すきま》に濡れた男の舌が割りこんでくる。

「……んっ……っ……ぁ……」

これは何という甘美な芳香だろう。

ただの薔薇ではない。ぼうっと頭に霞《かすみ》がかかっていくような気がした。

あの切なくなるような音楽、この男の神々しいほどの美貌、それに薔薇の匂いに酔ってしまったのかもしれない。身体の奥をゆるく溶かしてしまいそうな香りにくらくらとなった瞬間、英智ははっと目をひらいた。

(え……っ)

一瞬、目に入ったこの影に、心臓が跳ねあがりそうになった。

燃えるような火焔樹の真紅の花が風でゆらゆらと揺らめいている下で、この男のむこうに大型のネコ科の肉食獣――ジャガーらしき獣の影が見えたのだ。

しなやかな動き、優雅な存在感。美しい密林の帝王。幼いとき、密林でたまに見かけたジ

ャガーのような生き物がそこをよぎっていくシルエット。豹のような斑紋《はんもん》のない黒いジャガーだった。

「――っ!」

とっさに男から顔を離し、英智は大きく目を見ひらいて石畳を見つめた。

今のは何なのか。どうしてジャガーがこんなところに。

風が止まり、赤い花から漏れる光の揺らめきが静止する。そこには何の生き物もいない。ただ、二人の男――英智と彼のシルエットが重なるように伸びているだけ。

火焔樹の影のむこう、まばゆい陽差しの降りそそがれている広場は、観光を楽しむ大勢の外国人や物売りをしている地元民がいつもと変わらない様子で過ごしている。

「どうした、変な顔をして?」

不思議そうに問いかけられ、英智は夢でも見ているようなうわずった声で答えた。

「今……あなたの後ろをジャガーが」

「ジャガー?」

「あ、ああ、そこに」

言いながら顔をあげると、いぶかしげに眉をひそめている男と視線があう。吸いこまれそうな美しい眸に捉えられ、英智は我に返った。

「あ、いや……何でもない……見間違いだったようだ」

英智はかぶりを振った。

そうだ、見間違いだ。この男のむこうを、黒いジャガーがよぎっていったなんて。ここは世界遺産のど真ん中だ。大型の肉食獣がこの広場に現れたら、たちまち大騒ぎになってしまう。けれどあたりはふだんとまったく同じ。

「やはりおまえがそうだったのか」

まだぼんやりとしたままの英智を見据え、男は静かに囁《ささや》いた。

「やはりって？」

「その件に関してははっきりとしたことは言えないが、私はおまえで満足だ。今のキスも良かった。短い接触だったが、十分におまえを気に入ったぞ。おまえはどうだ？」

気に入った？　言葉通りのことを問いかけているのか？

「俺はもちろん。でないと大切な結婚式の演奏を頼んだりはしない。あんなに感動した音楽は生まれて初めてだ」

「ならいい。答えはいずれ出るだろう」

謎めいたことを呟くと、男は英智から離れ、ヴァイオリンをケースにしまった。

「答えって、何の」

「では、死者の日の翌日、ここで。母親の結婚式は夕暮れのあとだったな」

「ああ」

「何事もなければ、そのときに再会するわけだが……答えがどう出るか楽しみだ。親孝行の警察官、私はおまえとより早い段階での再会を望んでいるぞ」

「ありがとう、俺も」

「Nos vemos pront, muy cariñoso.」

近いうちにまた会おう、とっても愛しい男——と言って、男はくるりと英智に背をむけた。

ちょうどそこに現れた大型車から、黒いスーツ姿の長身の男性が現れ、彼からヴァイオリンケースを受けとり、うやうやしくリアシートのドアを開ける。

何者だろう、その様子を英智は呆然と見つめた。

どう見ても相当なセレブで、支配階級の人間に見えるが、このあたりにこれほどの人物がいただろうか。この人に、母の結婚式の余興などたのんでよかったのだろうか。

そんなことをぐるぐると考えているうちに彼はそこに身を沈めた。

ドアが閉まり、車が発進する。

「あ……そうだ、名前……」

車が広場を出たとき、はっとして英智は彼のあとを追いかけた。名前も連絡先もなにも聞いていないし、英智も伝えていない。だが、通りにはもう彼の車らしき姿はない。

(しまった……見失ってしまった)

英智はその場で立ち止まり、くるりと周囲を見まわした。

車の影すらない。英智に残ったのは彼の甘い薔薇の香りと、艶やかな皮膚のぬくもり。そして耳に残った美しいヴァイオリンの旋律。大丈夫だろうか、また会えるだろうか。

いや、再会を望んでいると言った。必ずやってくるだろう。

（そういえば時間も知っていた。俺、結婚式が夕方だって、あの人に伝えただろうか）

死者の日の翌日だということは口にしたと思うが、結婚式の時間までは言わなかった気がする。それとも知らないうちに口にしていただろうか。

『短い接触だったが、十分におまえを気に入ったぞ』

さっきの言葉が耳に甦る。尊大で、上から目線な言い方ではあった。けれど、ああいう人ならそれも有りな気がした。

それに、そう言われて、どういうわけか自分でも不思議なほど胸の奥が甘く疼いて、嬉しいような、どこか恥ずかしいような、不思議な気持ちに囚《とら》われてしまった。

もう一度会いたい。もっとそばにいたかった。

濃密なキスの余韻が残っているのか、あの人のことを考えただけで身体の奥がじんわりと熱くなり、今もまだ唇が痺《しび》れたようにじんじんしている。

これまで一度も感じたことのない感情と身体の感覚にとまどいながらも、知らず口元に笑みを浮かべながら、英智は広場をあとにした。

2　ジャガーの子供

美しい音色のヴァイオリンを演奏する男。

あれから一週間が経《た》つというのに、英智はずっとその面影を忘れられずにいた。

(死者の日の翌日、またあの人に会える。またあのヴァイオリンが聴ける)

そう思っただけで心が弾むのはどうしてだろう。こんな気持ちは初めてだった。

『muy cariñoso』

そう囁いた彼の低い声を思いだすだけで、なぜか胸が騒がしくなる。

別に、ムイ・カリニョーソなど、たいした言葉ではない。直訳すると、とても愛しい人という意味だが、恋人に言うときもあれば、家族間や友人間で使うこともある。

実際、祖母や父からも何度も聞いて育った。ただの慣用句のようなものだ。それがわかっていても、初めて濃密なキスをした相手、しかも血縁者以外から口にされたのが初めてなので、あれ以来、どうにも心が落ち着かない。

(まいったな……どうしたのだろう、俺……)

そんなふうに戸惑いながらも、その日もいつもどおり英智は出勤した。

アパートの地下の駐車場に停めておいた車に乗りこみ、サングラスをかけ、勤務先のデル・バヒオ国際空港——通称グアナファト国際空港へとむかう。

市街地には昔ながらのメキシコ庶民たちの石造りの家が広い道路脇に点在し、乾燥したあたりの大地には、メキシコの名酒テキーラの原料となる龍舌蘭《りゅうぜつらん》が扇の骨組みのような細長い葉を群生させている。

街から空港までは、車でほぼ三十分。テキーラ用の葉以外、なにも生えていないような荒涼とした国道をひたすら進む。

一方、反対方向に進んでいくと、うっそうとした密林と山が幾重にも連なり、そのところどころに古代文明の遺跡が点在している。

最奥には、今もまだ人が分け入ったことがない神秘的な密林があり、動物たちの楽園になっているという。どんなところだろうと、ここを通るたびに思う。

英智の勤務する空港は、山岳地方とは反対側のだだっ広い平原のなかにある。

首都のメキシコシティ、リゾート地のカンクンに次ぐ観光地ということもあり、人の出入りものすごく多い。英智はそこの税関で警備の仕事に当たっていた。

通勤の間、警察本部から流れてくる最新のニュースを確認し、今日はどういう注意を払って任務につけばいいのかを頭のなかでシミュレーションしておく。

『昨夜は麻薬カルテルとティファナで銃撃戦。数十人の警察官が犠牲に』

『首都メキシコシティの地下鉄では、強盗集団による殺人事件が発生』

『パナマとの国境沿いで麻薬密売船が座礁《ざしょう》して……』

次々と耳に飛びこんでくる殺伐《さつばつ》とした情報も、今では日常の一部のようになっていた。

そうして果てしない平原をまっすぐ進んでいくと、淡々と飛行機が離着陸する姿が目に入る。サングラスをかけていても太陽がまぶしい。

黒い警備用の制服に着替え、黒のラブラドールレトリバー――麻薬探知犬のミゲルを連れて税関を抜けてきた乗客たちが麻薬を隠し持ってないかチェックしていく。

腰には必ず銃、それから防弾ベストを着こんでいる。

「よし、ミゲル、行くぞ」

到着ロビーにむかい、税関を抜けてくる乗客たちの脇をミゲルとともに通り抜けていく。

たまに何人か摘発することはできるが、この地に麻薬を持ちこもうとする人間はそう多いわけではない。

むしろその逆だ。到着する客よりも、これから出国していく客の手荷物や身体、それからスーツケースの中にこそ、麻薬が潜んでいる確率が高い。

メキシコには巨大な麻薬密売組織がいくつも存在し、このあたりにも、ドン・アレナスという悪名高い麻薬王がいる。

彼らは警察の上層部とつながり、最大の顧客であるアメリカ、それからカナダ、オーストラリア、ヨーロッパ、中国や日本などの市場にむけて、大量の麻薬を密輸している。

それに、アレナスが密売しているのは麻薬だけでない。

このあたりに残る古代文明の貴重な遺物やワシントン条約で売買が禁止されている南米特有の動物を、アメリカや中東のセレブに売りさばいているのだ。

それもあり、あちらにはマフィアの息のかかった警察官――つまり見て見ぬ振りをする者だけが配置されている。

(悔しい。せっかく空港で働いてるのに……密売を未然に防げないなんて)

毎日、やりきれない思いでミゲルを連れ、それでも少しでも麻薬を発見しようと、到着客たちを一人一人確かめている。そのときだった。

「おい、英智、こっちにきてくれ」

上官が慌てた様子で駆け寄ってきた。

「空港の近くでテロ事件が起きた。警官が足りない。おまえ、ミゲルと一緒にS現場のGMに入ってくれ」

S現場のGM――英智は息を呑んだ。

Sというのは、現地の言葉でサリーダ。つまり出発するターミナルを指す。

GMとは、スーツケース＝グランヘロ・デ・ラ・マレータの意味。つまり飛行機に乗せる前のスーツケースのチェックを担当しろということだ。

「では向かいます」

「いいな、英智、わかってるな？」

むかう途中、上官が耳打ちしてきた。

わかってるな――つまり麻薬や密売品を見つけても見て見ぬ振りをしろという命令。

激しい憤りを感じ、つい睨《にら》みつけてしまうと、腕をグイとつかまれた。

「何だ、その目は」

英智は視線を落とした。

ここでは正義感を持ったら負けだ。殺されてしまう。

「ええ、わかってますよ。これまでだって、数回、Sを担当したことがありますから」

低い声で言い返すと、上官は微笑した。

「おまえが賢いやつでよかったよ。そのうち飯でも食いに行こう」

「ありがとうございます」

「よし、頼んだぞ」

腕を放され、英智は銃の装塡《そうてん》をチェックし直し、出発ターミナルへとむかった。

（正義を貫くか、生き残るか。二者択一しかないなら、結局、後者以外に選びようがない。

父さん、すまない。だけど今、俺になにかあったら、母さんが哀しむ。せめて結婚式までは

……無事に生き延びたい、なにがあっても）

そうすることしかできない自身に、悔しさに腸《はらわた》が煮えくりかえりそうになる。

だが従順にふるまわないと、命を奪われる。もちろんその裏で、そっと英智が危険な薬物を荷物から押収し、密林の奥に捨てていることは誰も知らない。

警察官を目指そうと思ったのは、父のような悲劇をなくしたい、この国の貴重な文化や動物を密売人や密猟者から保護したいという気持ちからだった。

父が勤務していた文化博物館でもどれだけの貴重な文化財が盗難されてきたことか。

母が勤務していた動植物センターもそうだった。

絶滅危惧種《ぜつめつきぐしゅ》のジャガー、メキシコオオカミ、カワウソ、ウーパールーパー、貴重な蝶の数々が密猟者たちによって捕獲され、現物や剝製《はくせい》品が国外へ売り渡されている。

(麻薬の密輸出もだが、盗んだ遺跡や禁止されている生物の密輸出も深刻な問題だ。上官がそれを見過ごしているのも)

もし見つけたときは、どうすればいいのか。

まわりに人がいないすきに何とかできるかどうか。あたりの状況を確かめながら、荷物チェックをしていると、ミゲルが大きな声をあげた。

そのスーツケースをひらくと、なかにみっしりと麻薬を詰めた袋が入っていた。

「……コカインか。この様子だと四キロはあるな。よし、よくやった、ミゲル」

今なら誰もいない。こっそり押収できる。そう思ったとき、しかしミゲルの声に気づいて、さっきの上官が近づいてきた。

「おいっ、ミゲルをこっちへ。俺がミゲルと麻薬検査を担当する。英智は、人手が足りないから、荷物を飛行機に運ぶのを手伝うように」

余計なことをするな、という合図。ミゲルは優秀なので、確実に麻薬を探知する。だが、それを生かす方法はない。ミゲルも警察組織の犬なので、英智一人が担当することはできない。

「……了解しました」

悔しさを腹の底で押し殺し、英智は荷物運搬用の車が停まっている場所にむかった。

細かな犯罪をいちいち暴いていたら、命がいくつあっても足りないのはわかっている。だが、こういう場面にぶつかると、いつも己の無力さとやりきれなさに虚しさが広がっていく。

(くそ、何てことだ。四キロものコカインに目を瞑《つぶ》らないといけないなんて)

もっと力が欲しい。もっと地位をあげ、もっと警察内での発言権を得たい。そうでなければ、今、英智一人が抗《あらが》ったところで、一警察官の死というニュースにもならない事件としてあっさり片付けられてしまうだけだ。

(そうだ、だから今は耐えろ。今、上官に刃向かったら、元も子もないんだ)

心のなかで、自分に何度も何度も言い聞かせながら、次々と流れてくるスーツケースを外に停止している運搬車に載せていると、そのうちのひとつ——鍵《かぎ》のはずれかけていた布製のスーツケースのすきまに異様な気配を感じた。

これは――――っ！

まわりに誰もいないことを確認し、そっとスーツケースを開ける。

ビニールに巻かれた袋。コカインかなにかかと思ったが、違った。動物のぬいぐるみがいくつも入っている。見たところ、そのなかに麻薬が隠されている様子もない。

ほっとして閉じようとしたそのとき、ぬいぐるみを包んだ袋のむこうに、別の空間があり、息ができるように穴が空いていた。生きている動物を密輸するときのパターンだ。

「……っ」

手を伸ばし、ぬいぐるみの奥の空間をさぐる。すると、ぬいぐるみとは違い、ふわりとあたたかな毛の体温とドクドクという鼓動が手に伝わってきた。

（やはり……そうか）

ぬきとると、ビニールに包まれた絶滅危惧種のジャガーの子供が現れた。

まだ一歳にもなっていないくらいの大きさ。愛らしい風貌。しかもめずらしいアルビノのオスだ。薬物を打たれて眠らされているのだろう、死んだようにぐったりとしている。

（助けなければ。このジャガーを）

だがどうやって？　どうやってこのジャガーを連れ、空港を抜け出せるというのか。

なにか方法がないか、息を殺したまま、あたりをさぐっていると、胸の奥にしまってある

「尊い蝶」――ケツァルパパロトルのペンダントがふっと熱くなってきた。英智は息を殺し、あたりに人がいないかどうか、監視カメラの死角になっているかどうかを確認した。

『英智、アルビノのジャガーは、この世に一頭しかいない闇の神の使い、ジャガー神の世界の予言者なんだよ。彼の持つ命の実は死者を甦らせ、栄光を与えるといわれている。だから密猟者が絶えない。もし森のなかで見つけても誰にも言っちゃいけない。保護したとしても警察には届けず、そっと森に返すんだ。警察はマフィアとつながっているからね』

昔、祖母と父から聞いた言葉が頭のなかで甦る。

アルビノのジャガーは神の使い。神への畏敬の念を忘れてはいけない。英智はとっさにジャガーを抱きかかえ、スーツケースのふたを閉め直した。

「……っ」

ジャガーがうっすらと目を開ける。英智は防弾ベストを脱ぎ、それにくるんだ。

「大丈夫だ、俺が森にもどす。そのまま眠ってろ」

そっと囁きかけ、何事もなかったかのようにスーツケースを運搬車に運ぼうとしたそのとき、一人の警察官が英智に近づいてきた。同期のパキートだった。

「おいっ、英智、何で防弾ベストを脱いでるんだ、危険じゃないか」

英智はジャガーをくるんだ防弾ベストを素早く背にまわした。ただならぬ様子にパキートの顔がひきつる。

「……っ、おいっ、おまえ、今、なにをとりだした」

「何でもない」

「待て……まさか……おまえ、それは……アルビノのジャガーなのか」

ベストの中が見えないはずなのに、知っているということは、上官からなにか命令が出ているのか？

「すぐに元にもどせ。まずい」

パキートが英智の背にあるベストに手を伸ばしてくる。

「できない、俺には……」

とっさに英智はあとずさった。ちらりと監視カメラを見て、そのままそっち方向に背をむけたまま出口に移動していく。

「英智、だめだ、命が惜しくないのか。俺だって、仲間を殺したくはないんだ」

「……」

英智はかぶりを振った。

「なにを考えている、おまえは。ドン・アレナスに逆らったらどうなるかわかってるのか。それは彼からくれぐれも頼まれているものだ」

ドン・アレナス――このあたりを支配下にしている巨大な麻薬王である。逆らったら、妻子も同時に殺されてしまうというほどの、血も凍りつくような恐ろしい存在。

「命あるものの売買は……俺にはできない」

英智はホワイトジャガーを抱きしめたまま、一歩、二歩とあとずさっていった。

そのとき、一瞬、ホワイトジャガーの声が聞こえてきた。

『逃げろ、早く私を連れて逃げるんだ――――！』

今の声……。

英智は顔をこわばらせた。

まさかジャガーが話しかけてきたのか？

耳を疑っている英智に、なおもジャガーから声が聞こえてくる。

『早くしろ。私もおまえも殺されてしまう。声が聞こえるなら、すぐに逃げるんだ。悪いようにはしない。だから逃げろ』

聞き間違いではない。確かにホワイトジャガーから声が聞こえている。

やはりこのホワイトジャガーは神の使いだ。彼の声が聞こえたとき、ケツァルパパロトルのペンダントがさらに熱くなった。そしてその熱さが、英智には祖母と父の想いの強さに感じられた。

英智はあたりを確認した。

運搬車の脇から外に出るのは可能だ。だが、そのあとどうするか。その先には警察官や警備員がいる。このままだと狙《ねら》い撃《う》ちにされてしまうだろう。

「英智、仲間だろう。友達じゃないか。だから言う。早く元にもどすんだ。このままだと俺はおまえを殺すことになってしまう。ドン・アレナスから命令がきている。逆らう者がいたらその場で射殺しろと。でないと、俺が殺されてしまう」

「駄目だ、アルビノのジャガーは予言者だ。その証拠にさっきから彼の声が聞こえているじゃないか」

パキートの顔色が変わった。では彼の声は自分にしか聞こえていないのか？

「彼の声だと。確かなのか、確かに声が聞こえるのか」

「あ、ああ」

「だったらなおさら、こっちに渡すんだ」

パキートは英智に手を伸ばしてきた。

「駄目だ、殺させるものか」

「安心しろ、殺すことはない。アレナスファミリーに弟がいるんだが、あいつの話だと、ドンはアルビノのジャガーを殺すつもりはないらしい。ただメキシコシティに移動させ、囮《おとり》として使うだけらしい」

「囮って……何のための？」

「おまえもメキシコ育ちなら、知っているだろう、闇の世界の神の話を……」

闇の神——ジャガー神のことか。

メキシコ高原に浸透しているワージャガーの伝説。アステカ、マヤの雨の神、密林の帝王、闇の世界の神と言われている豹人がいるという伝説のことだった。

「ああ」

「人の言葉を話すことができるアルビノのジャガーは、闇の世界の神を導く予言者だ。闇の世界の神……ジャガー神と交信ができるはずなんだ。だから、ドンはそいつを捕獲して、そのむこうにいるジャガー神と言われている男をおびき寄せようと考えているんだ。だから殺したりはしない」

ジャガー神と言われている男。闇の世界の神。雨の神。密林の帝王。アレナスがそこまで躍起になっているということは、本当に闇の世界の神――ワージャガーがこの世に存在するというのか？

祖母も父も、ワージャガーがいると信じて疑わなかったし、英智自身も、もしかして、存在するのではないかと期待していた。

（それならよけいに、このジャガーをドン・アレナスに渡すわけにはいかない）

神の世界の生き物。絶対に守らなければ。父さん、祖母さん、俺を守って。

「なあ、英智。そいつを俺に渡すんだ。弟から伝えておくから。英智という警察官が大活躍したと。そうなれば、楽な暮らしができるようになるぞ」

「バカなことを。断る」

「何だと」

「ジャガー神をおびき寄せるなんて言語道断だ」

きっぱりと言った瞬間、パキートが背中に背負っていたマシンガンの銃口を英智にむけた。

「――っ」

反射的に、英智は身体で庇《かば》うように防弾ベストを抱きかかえた。

次の瞬間、大きな銃声が鳴り響く。

タタタタタタタっ――――！

乾いた銃声が耳をつんざき、銃弾が数珠つなぎに英智の足下の床を大きく抉《えぐ》っていった。

何発が身体をかすめ、何発かが貫通する。全身に激しい衝撃を感じた。

「うぐっ！」

足元がぐらつき、勢いのまま、英智の身体は運搬車に積まれたスーツケースの山へと投げだされた。スーツケースにぶつかってバウンドし、糸の切れた操り人形のように身体が地面に落ちていく。崩れてきた荷物が頭上からなだれ落ちてくる。

「く……っ」

気がつけば荷物と荷物の間に埋もれていた。だが、防弾ベストだけは離すまいと必死に抱きしめていた。あちこち撃たれたのだろう、ほおや腕に痛みを感じるが、負傷のことをかまっている余裕はなかった。

逃げなければ。このジャガーを連れて安全な場所に逃げないと。

その意識に衝《つ》き動かされ、英智が身体にのしかかっているスーツケースをのけようとした瞬間、スーツケースの隙間から自分にむけられた銃口が見えた。

殺られる――――っ！

とっさに英智は目の前のスーツケースを蹴飛《けと》ばした。

飛んでいった塊がパキートにぶつかり、床に倒れこんだ彼の手から銃が転がり落ちる。

そのすきに立ちあがり、英智は足を引きずりながらもスーツケースを盾にして建物の外に飛びだした。

「うわっ！」

運搬車の運転に現れた空港職員が叫び声をあげる。

突然、現れた血まみれの警察官の姿に驚いたのだろう。英智はちょうどそこに鍵のかかった警察用のバイクが停まっていることに気づいた。

「……いくぞ」

上着の内側にジャガーをしまいこみ、エンジンをかける。

ちょうど現れた警察官が、後ろから銃を放つ。脇腹に熱いものが奔《はし》ったが、英智はアクセルをまわして、バイクを発進させた。

「待て、待つんだ、英智っ！」

「おいっ、あいつを撃て、射殺しろ」

後ろから叫び声が聞こえる。だが銃が撃たれることはなかった。燃料車や小さなジェット機が停まっている間を英智のバイクが進んでいったからだろう。

「つかまってろ、おまえを絶対に護るから」

アクセルを全開にし、英智は空港の外に飛びだしていった。

バックミラーを見ると、後ろから車が追いかけてきていた。窓がひらき、助手席に座った男がこちらに拳銃をむけているのがミラーに映る。

「……っ」

英智は胸から銃をとりだし、途中でバイクをカーブさせ、ふりむきざまに車のタイヤを狙った。キキーッとブレーキ音を立てて、車がスピンしながら建物の壁にぶつかっていく。

「……っ」

バイクのスピードをあげ、グアナファトのさらにむこうにある高原の山岳地帯へとむかう。

途中、あちこち撃たれたところを止血したが、それでも血がどくどくと流れている。ものすごい出血量だった。

しかしジャガーを助けたいという気持ちが勝っているせいか、まったく痛みを感じない。

とにかく森に行かなければという切羽詰まった思いが英智を衝き動かしていた。

上着のなかのアルビノのジャガーは目を瞑ったままぐったりとしている。

「助けてやる、もう少しだ、待ってろ」

ワージャガーの伝説……。その昔、祖母から、高原の山岳地帯の一番奥に、人跡未踏の神秘の遺跡があるという話を聞いている。

『もし森のなかで見つけても誰にも言っちゃいけない。保護したとしても警察には届けず、そっと森に返すんだ』

祖母の言う森というのは、一体、どこにあるのか。グアナファトのむこうにある山岳地帯でいいのかどうか。はっきりとはわからないが、森の一番奥に文明があったという話は聞いたことがある。それを頼りに進むしかない。

サボテンが延々と植えられている大地。山肌が剝きだしになった乾燥した山間の道を蛇行しながら国道を突き進んだあと、ひたすら全速力で山のある方向へとむかっていく。

やがてまわりの風景に緑が増え始め、アスファルトに覆われていた国道が土の道路に変わり、細い道が森のなかへと続いている。

幼いとき、住んでいた村の近くにある森だった。何度もジャガーを見かけたことがあるのでここなら何とかなるという思いがあった。

少し安堵《あんど》したせいか、身体の痛みを感じるようになってきた。森に行かなければという気力が感覚を麻痺《まひ》させていたのだろう。何とか痛みに耐えながらバイクを運転し、うっそうとした森のなかに進んでいったのだが、気がつけば、ガソリンが切れてしまった。

「……っ……ここまでか」

英智は木陰でバイクから降りた。

大地を踏みしめたとたん、足元がぐらついた。腿《もも》に銃がかすった痕《あと》がある。左腕に力が入らない。右の脇腹からもとめどなく血が流れている。

「どこだ……どこに行けばいい……っ」

ジャガーを抱きかかえながらふらふらと足をひきずり森の奥にむかった。足取りもおぼつかない。視界もままならなくなってきた。それでも気力だけが英智を動かしていた。どのくらい出血しているのかわからないが、生きているのが不思議なほどだ。

もう限界に近いのは感じている。身体に力が入らない。

やがて少し開けた場所に、小さなつぶれかけの教会を発見した。

廃墟《はいきよ》になっている。その手前にあった泉の前までいくと、さすがに糸の切れた操り人形のように、英智はひざから地面に崩れ落ちていった。

「っ……これ以上は……駄目だ……」

英智は砲弾ベストをひらき、ホワイトジャガーを地面に解放したあと、ぐったりとうつぶせに頭から倒れこんだ。

——死の匂いがする。

ホワイトジャガーの声のようなものが聞こえてくる。

死の匂い？　俺は……死ぬのか？

そうなのかもしれない。もう意識も気力も残っていない。身体だって、一ミリも動かせそうにない。朦朧《もうろう》としながらただぼんやりと目を開けている英智の手のひらを、ホワイトジャガーがぺろりと舐《な》めた。そのとき、なにかがそこに置かれたことに気づいた。

『おまえを死なせたくない。命の実の種を食べるんだ。さあ、口を開けろ』

また声が聞こえてきた。

見れば、ひまわりの種のような小さな粒が手のひらのなかに置かれている。

『早く口にしろ。時間がない。食べないとすぐに死ぬ。いや、正しくは、おまえの命の火はすでに消えている。私がそばから離れると、すぐに死んでしまうだろう』

「俺は……死んだのか？」

『残念だが……もう自力で生きていくことは不可能だ。私がそばにいても、あと数分も持たないだろう』

そう……そうなのか。ジャガーを助けたことは後悔していない。だが、心残りがあるとすればひとつ。母との再会。

（すまない……母さん）

自分でもなにか大事な魂の芯のようなものが身体の奥底から消えてしまっていることには気づいている。はっきりと死が訪れている実感があった。

『目を閉じるな、死ぬぞ。さあ、早く種を呑むんだ。この世に一つしかない大切な種だ。おまえを見こんで託すことにした。この国の平和のためにがんばってきたんだろ、父親のような事件を起こさないために』

「どうして……それを……」

『いいから、説明はあとだ。食べなかったら死ぬ。早く。母親の結婚式に出るんじゃないのか。生き抜け』

そうだ、来月の初めにある母の結婚式。せめてその日まで、英智は死ぬことはできない。

「……っ」

反射的に英智は口のなかに種を放りこんでいた。ふわっと甘い果実のような香りが口内にあふれたその瞬間、浮きあがるように身体が軽くなるのを感じた。

『どうだ、どこも痛くないな？』

問いかけられ、英智は「ああ」と小声でうなずいていた。

『甘い果実のような香りがしたか？』

「あ……ああ……とても」

『よし、それなら大丈夫だ。無事に蘇生できている。ただし、その蘇生は一過性のものでしかない。放置しておけば、またすぐに死ぬ』

「え……」

『私の名はアマカ。闇の神のもとで神官をつとめている。これから闇の神のもとに行き、助けを求める。彼がおまえを蘇生させたいと思わなければ、完全なる甦りにはならない。闇の神がくるまで、教会のなかで待っていろ。いったん死んだ肉体を蘇生させたのだ、まだ身体はふらふらしていると思う。そこで休んでいろ』

闇の神？　やはりジャガー神がいるのか？

確かめたかった。けれどまだ意識がもうろうとしていて、英智には、今、彼に言われたことの意味を考えるだけのゆとりがなかった。

とにかく言われたまま、英智は目の前の教会にふらふらと入っていった。

少し休もう。何だかひどく眠い。痛みがとれたせいか、身体がふんわりと浮遊しているような不思議な感覚に囚われている。

祭壇の前に英智は身体を横たえた。すぅっと睡魔が襲ってくる。ふわふわとした心地よい感覚。目を瞑ると、これまでのことがすべて夢だったように思えてくる。

まだ夢のなかにいて、このあと、いつものようにスマートフォンのアラームで目を覚まし、シャワーを浴びて出勤する自分がいるのではないか。

そんな気がして、うっすらと目をひらくと、剝がれかかった天井画が目に入った。

壁には、死神が描かれたフレスコ画がかかげられている。

いつの時代のものかわからないが、死神のまわりには黄金色のマリーゴールドが敷き詰められ、人々が祭りに興じている絵画だった。あの世とこの世はつながっている、死と親しくなり死をも楽しもうという、メキシコ人的な感覚の絵だった。

（ここは……あの教会か……だとしたら、やっぱり現実だったのか。夢じゃない、今日起きたことは現実なんだ）

ひび割れたステンドグラスのすきまから、亜熱帯の森の大気を含んだ空気が入りこみ、涼しい風が全身を包んでいく。

祈禱《きとう》席の横の窓のむこうには、燃えるように赤い火焔樹の花が見える。

空は明るく、祭壇の聖母像の背後のステンドグラスから虹色の光が降りそそいでくる。

（本当に闇の神……ジャガー神がいるのだろうか。やっぱり今までのは夢だったんじゃないだろうか）

だが、さっきのアマカと名乗ったジャガーは、確かに人間の言葉を発していた。

彼に渡された種を口にしてから、身体がふわふわとして浮いたようになっている。

このあたりには、昔から麻薬の原料になる植物が多い。食べたり煙を吸ったりしたとたん、幻覚や幻聴を引き起こす植物。あれもその類《たぐ》いだったのではないか？

いや、それはない。彼の声が聞こえたのは、まだ種を食べる前、勤務中だった。

ではやはり現実なのだろうか。

祖母の話によると、ジャガー神は闇の世界の神、闇の世界の帝王だという。

闇の世界は死の世界とも言われている。「太陽は光であり、天国であり、生の世界の象徴」、そして「夜は闇であって、地獄や死の世界の象徴」だと。

一見、ジャガー神は死や地獄の象徴であり、悪しきものに思えるかもしれないが、そうではなく、闇や地獄を支配し、この世を悪から守ってくれている、だから森でジャガーと出会ったときは、感謝をしなさいと、よく祖母が口にしていた。

横たわったまま、虚ろな表情でぼんやりとそんなことを考えていると、ふっと一陣の風が教会のなかに入りこんできた。

芳《かぐわ》しい薔薇の花のような香りが漂い、黒い影が教会の大理石の床に長く伸びていく。なにか不思議な気配を感じ、その方向に視線をむけたそのとき、英智ははっと息を止めた。

「え……」

ステンドグラスから降り落ちてくる陽差しが淡い光の帯を描いているなか、そこに、いきなり大型の肉食獣——ブラックジャガーが現れたからだ。さっき助けたアルビノのジャガーの子供とは対照的な、黒々とした艶光りした毛並みの、大柄な成熟した獣。今まさに人生の盛りを迎えているような、雄々しさと若々しさに満ちた闇色のジャガーだった。

優雅に肢を進め、ふわりと祭壇に飛びあがり、悠然と英智を見下ろす。

「……っ」

さっきのアルビノのジャガーが言った言葉が耳の奥で甦る。

『闇の神のもとに行き、助けを求める』

　では、さっきの彼がこのブラックジャガーを呼んだのか。

　それとも血の匂いに惹きつけられ、獲物をさがしにきたただの肉食獣なのか。

　むしろそのほうが現実的だ。いきなり予言者だの、闇の神だのと言われても。そう、これが夢であるほうが。

（そうだ、俺がとうに死んでいるとか、命の実を食べて生き返ったとか、闇の神に蘇生させてもらうとか）

　空港でアルビノのジャガーを発見して以来、次々と自身に起きていることが非現実的すぎて、ずっと長い夢を見ているような気がする。すべてが夢のなかの出来事だと。

　やはり英智を餌《えさ》にしようとする本物の肉食獣なのか。しかしそうだとしても、そのジャガーからは獲物を前にしたぎらぎらとした飢餓《きが》感《かん》は伝わってこない。

　それよりも祭壇の上から超然とこちらを見据える様子からは、闇の神、ジャガー神だと謳《うた》われたほうが違和感がない。神々しくも、妖しい不吉さが漂っている。

　息を詰め、横たわったまま英智が見あげていると、ジャガーが、ゆったりと前肢を進めた。ステンドグラスの光彩がすぅっと英智にかかっている影を移動させる。たがいの視線と視線が交錯する。緊迫した空気が奔ったそのとき、教会に低く深みのある声が響いた。

「聖なる婚姻を執り行うぞ」

「……っ！」

今の声。確かにそのジャガーから聞こえた。あきらかに人間の言葉をはっきりと発している。しかもアマカとは違い、脳に響く感じのものではなく、あたりにきちんと音として聞こえるような声音だった。

「おまえには礼を言わないとな。アマカを助けてくれて」

「確か……彼は……神官だと」

かすれた声が喉《のど》から出た。

「そうだ、私の一族の予言者にして、神官、長老でもある。アルビノのジャガーは、私が帝王として生まれ落ちる前から人豹帝国の神官をつとめていた」

「でも……あんな赤ん坊みたいな……ジャガーだったのに……」

そんなことを知りたいのではなかったが、さっきから続いていることに頭が混乱して英智は変なことを問いかけていた。

「アマカは年を取らない。永遠の神官だ」

「永遠の神官？」

「そうだ。彼は……ひとつ、おまえに選択させたいことがある」

選択？　問いかけたかったが、全身がひどく重く、身動きすることも問いかけるだけの気力もなくなってきていた。

さっきまで感じていた痛みも麻痺したようになにも感じない。

「死にたいか、死にたくないか」

死にたいか？

「痛みを感じないのは、アマカがおまえの傷口を舐め、命の実の種を食べさせたからだ。だが、おまえの命はもうとうに尽きている」

「…………っ」

それはアマカというさっきのジャガーからも説明されている。このままだとすぐに命が尽きる。だから闇の神に蘇生させてもらえと。

(やはりそうなのか、俺はもう死んでいるのか)

あまに非現実すぎてすぐには信じられなかったが、さすがに二頭のジャガーに続けてそう説明されると信じないわけにはいかないだろう。

「私に異論はない。だが、おまえにも選択の余地を与えよう」

なにを言われているのかよくわからない。ただ蘇生をしてもらうだけではないのか？

「選択って……何の」

「このまま人間としての生をここで終えるか、私のつがいとして、人豹帝国の帝王の花嫁として生きていくか、そのどちらかだ」

「帝王の花嫁？」

「そのまま死にたければ、一瞬で死ねる。本来なら、失血死していてもおかしくない状態だ。アマカがおまえに食べさせた命の実の種を、その身体からとりだしたあと、私が闇の世界に見送ってやろう」

「待て……さっきから言われてることの……意味がわからないんだが……」

失血死していてもおかしくない状態だったというのは、さすがに自分でも理解できるが。

「死にたいのなら、すぐに死ねるということだ。おまえの身体にある命の種は、人豹の帝王、闇の世界の帝王の花嫁を証明するもの。ふさわしくない者は、その実を食べたとき、内臓が爛《ただ》れ、身体が溶けてしまう」

確かさっき食べたとき、甘美な果実のような味がした。

彼の話が本当のことだとすると、英智の内臓は爛れてもいないし、身体も健在だ。ということは、帝王の花嫁にふさわしい者ということになるのか？

「清らかな魂、無垢《むく》な肉体、美しい心、感性、神を畏敬し、芸術を愛する、それがジャガー神の加護をうけられる人間、つまり唯一のつがいの条件だ」

「……っ」

「おまえが死ねば、また一年後にむけて新たに花嫁にふさわしいものをさがして、その者に与える。我々の一族はそうやって古代から人間と共存してきた」

ジャガーと人間とが共存……。

「私は、おまえを我が花嫁として、永遠にそばにおいてやってもいいと思っている」

生きたい。死にたくはない。母の結婚式に出席したい。

「死にたくはない。だけど……」

「アマカの見立ては正しい。おまえは、アステカの英雄に酷似している。おまえは選ばれた私の花嫁にふさわしい」

彼が前肢を動かすと、床に刻まれた黒々とした影もゆらりと揺れる。

「蘇生のあと、おまえと交尾する。繁殖のためではない。聖なる婚姻相手として」

繁殖？　婚姻？　交尾だと？

さっきから彼が言っていることが、何のことなのか、さっぱりわからない。

だが、なによりもわからないのは、ジャガーが人間の言葉を発していることだ。

「悦べ、おまえを私のつがいにしてやるのだ」

きらりと金色の双眸が光を反射させる。その蠱惑的で、見る者を甘美な夢にいざなうような艶《なま》めかしい光に、英智の全身にざぁっと甘ったるい熱の波のようなものが駆け抜けていく。

ふるふると首筋の皮膚が張り詰め、全身の皮膚という皮膚が彼の眸に焙られていくように感じるのはどうしてなのか。

ジャガーの目に犯されているように身体の奥のほうがじくじくと熟れていく。

「……あ………っ」

恐怖はない。不可解なものへの疑問もない。ただただ身体をとろりと蕩かせ、芯から疼かせるような波に全身が発情しているのがはっきりと自分でもわかった。

(信じられない……どうしてこんなことに)

ジャガーは英智の姿を尊大に見下ろしていた。

「すぐに私のものにしてやろう」

ふわりと祭壇からジャガーが飛び降りてくる。

「……っ……やめ……っ」

あとずさった英智の前で、次の瞬間、しかし忽然とジャガーの姿が消えた。

「え……」

どうして。姿がない。いったいどこに消えてしまったのか。なにが起きたのかわからず、英智が目をみはったそのとき、すぅっと黒い影が英智の顔を覆い、そこに長身の男が現れた。

英智は息を呑んだ。その男の顔にはっきりと見覚えがあったからだ。くっきりとした、切れ長の目は妖しく蠱惑的な色香が漂う男。例の教会の前にいたヴァイオリニストだった。

「っ……まさか……あなたが?」

「そうだ」

「……今のジャガーなのか」

英智が震える声で問いかけると、男は艶やかに微笑した。その笑みとは裏腹に、彼の背にほのかに闇色の空気が揺らぐのを感じる。

「そう、ジャガーは私の仮の姿、いや、真の姿だ」

見た目は、ラテン系の血をひいたヨーロッパ王族のような容姿。だが古代マヤかアステカなのかわかないが、褐色の肌にさらりとした白い布の衣装をまとった姿は、古代インディオの帝王のようだ。さらりとした長めの前髪は艶やかな黒い髪、神秘的な紫色の双眸。どこか人間らしさを感じさせない、彫像のような美貌。

「私の名はレオポルトという。ジャガーではあるが、獅子《しし》の名を持った、闇の世界の神……といっても、正しくは帝王のようなものだ」

神々しさと禍々しさを孕《はら》ませたミステリアスな生き物。

レオポルトと名乗った男は英智の身体を抱きあげ、唇を近づけてきた。虹色のステンドグラスの明かりがふたりの間に降り落ちていく。

「ん……っ」

重なっていく唇と唇。やわらかな拘束感に呑みこまれ、また甘美な薔薇の香りがしたかと思うと、口内になにか果物の実のようなものが溶けこんできた。

「んん……ぁ」

レオポルトの舌が英智の口内でそれをつぶしていく。

ぷちゅりとなにかがはじけるような音がしたか思うと、甘い蜜《みつ》の味がする、とろとろのジユレのようものが舌の上に広がっていき、目眩《めまい》がしてきた。

「……っ……ん……っ」

こくりと喉の奥に流しこむと、粘膜を伝ってそれが胃へと落ちていくのがわかった。何だろう、そこから快楽にも似た疼きを感じ、肌がまたふるふると震えた。

「蘇生のための、そして聖なる婚姻のための、私からの最初の贈り物だ」

唇を放してレオポルトが囁く。

贈り物？　目を細めた英智のあごをすくい、再び唇をふさいでくる。

「あ……っ……ん……」

三度目のくちづけだった。唇のすきまから舌が挿りこむと、今度はぴくっと背筋が跳ねそうになった。さっきよりも濃く舌が絡まりあう。舌の上に溶けた蜜をさらに染みこませるかのように、きつく強く吸われ、脳がくらくらとしてくる。

自分のなかに他者が存在し、溶けあっていく不思議な感覚。いつしかそこがじんわりと痺れ、天国を浮遊しているような心地よさに囚われていく。

何という甘美な感覚だろう。うっとりとしてしまいそうなほどの甘い波に襲われながら、そうすることが自然に思えて英智は目を閉じ、男の背に腕をまわしていた。

3　ジャガーの帝国へ

蘇生のための最初の贈り物――――。

そう言って、再び唇をふさがれてからどのくらい経っただろうか。

「ん……んふ……ぁっ」

なぜか甘い声が喉から出てくる。

自分にこんな声があったのかと驚くような。口内をくねりながら舌を搦《から》めとって、息ができないようなくちづけをくりかえしてくるレオポルト。

さっきの実のせいなのか、それともこのくちづけのせいなのか、肌という肌が熱を帯び、いつしか下腹の下でズボンのファスナーのあたりが隆起していた。

それに気づいたのか、レオポルトの手がすぅとズボンのファスナーに伸びてくる。そこから入りこんできた指先にじかに触れられ、英智はぴくりと腰を震わせた。

「あ――っ……っ……っ」

手のひらが性器を包みこむ。下半身にこれまで感じたことがないような甘い痺れを感じ、英智はたまらずレオポルトの腕にしがみついた。

ぎゅっと強く陰茎の根元をにぎられ、敏感な先端を指先でゆるゆると嬲《なぶ》られていく。すでにそこは濡れそぼり、レオポルトの指先をぬるっと滑らせてしまう。

「んんっ……！」

たまらず甘い吐息が漏れる。

「素直な反応だ。初めてにしては感じやすいな」

英智から唇を放し、レオポルトがふっと微笑する。

「そんなこと……な……」

英智は大きくかぶりを振った。そんなはずはない。射精の経験ならあるが、そんなところを他人に触れられたのは初めてだった。

「……お願い……もう……ああ……っ！」

恥ずかしくてどうにかなってしまいそうだ。それ以上、触らないでくれ——と、英智は彼の手を止めようとした。だが反対に腰を押さえつけられ、そのままズボンを下げられたかと思うと、ひらいた足の間にレオポルトが顔を埋めてきた。

さらりとした毛先が腿の付け根を撫で、ぷるっと身体が震えたそのとき、こともあろうに、英智の性器の先端を舌先で舐めてきた。

「や……やめ……っ」

天井をむいて勃起した英智の性器からは、とろとろと快感を示す雫が流れ落ちてくる。ぴちゃぴちゃと音を立てて、それをレオポルトが舐めていく。

「ん……ふ……」

ぬるついた生あたたかな舌先に亀頭の先を搦め捕られる。つついては舐められ、舐められては割れ目のすきまをつつかれ、不埒《ふらち》にも気持ちよさを感じていた。

「あ……ふ……っ……ああっ」

声をこらえようとするのだが、泉のようにあふれる快感に、英智は喉から出てくる甘い声が止まらない。

肌が汗ばみ、心臓がどくどくと大きく脈打つ。

弾力のある舌先が膨張したペニスの亀頭の割れ目に生き物のように絡みつく。

濡れた音を立ててぬるぬると蠢《うごめ》く舌先。そこを弄《いじ》られているだけで、こそばゆいような、痺れるような、訳のわからない体感に、英智の腰は知らず左右に揺れている。

「甘い蜜をあふれさせて……花のようだな」

「花って……」

「安心しろ、受粉を求め、虫を誘いこもうとする植物よりも……おまえのはずっと淫靡《いんび》な茎《くき》をしている」

レオポルトの手が、ぐにゅぐにゅと陰嚢を揉《も》みしだいていく。

先端からも陰嚢からも伝わってくる荒々しい刺激に、かくかくと全身が震えて英智は床の上でのたうった。

「ああっ、あっ、ふん……」

身体の奥底から湧く初めての体感に、どう耐えていいかわからなくて苦しい。

表、それから裏筋をたどっていく弾力のある舌先。膨らんだ茎の括《くび》れを、ぬるぬるとその得体の知れない心地よさ。

あまりの淫靡な刺激に、とろとろと洪水のように先走りがあふれてくる。

「いやだ……くすぐったい……そこ……何か変に……なってしま……ああ……っ」

甘ったるい自分の声と濡れた音が聖堂内に反響し、恥ずかしさを煽《あお》ってくる。

花蜜が茎に絡まりながら落ちていくように、そそり勃った英智の陰茎に粘着質のある露が流れていく。それをレオポルトの舌先が濡れた音を立てて舐めとると、こらえきれない快感に脳が痺れ、腰のあたりが切ない衝動にはじけそうになる。

「や……そんなところ………っ……っ！」

一気に爆発するような快楽の衝動が湧きあがってくる。英智は教会の床で大きく身体をそらした。このままだと出てしまう。だめだ、彼の口内に出してしまう。そう思いながらも、快感の波は止まらない。たまらず英智のペニスの先から白濁が流れてでてくる。

「ふっ……ああっ、やめ……あなたの唇……あたたかくて……出そうにな……っ」

何という刺激なのか。もう声も出ない。あたたかな口内とやわらかな粘膜に吸いつくように締めつけられると、頭が真っ白になってどうにかなってしまいそうだ。

きりきりと歯の先で括れ部分を甘噛みされると、こらえきれない。下腹の奥がきゅっと搾《しぼ》られ、そのまま一気に腰から溶けてしまいそうだ。

いけない、このまま呑みこまれる。押さえられない。猛スピードで快感の波が脳へと突きあがってくる。

「ああっ……ああっ、い、いや、そ、そこっ、そこはっ、あああっ……っ！」

目の前が真っ白になり、英智の身体が大きくのけぞる。

駆けあがってきた快感の焔が一気に爆発し、性器が弾けてしまう。次の瞬間、英智は勢いよく彼の口内に吐精していた。

「ああっ、はあっ……ああっ！」

激しい絶頂感が脳天を突き抜け、ひくひくと英智は床の上で悶絶《もんぜつ》してしまった。

何て恥ずかしい。何てことを。そう思うのに、とくとく……と、尿道口から放出する白濁を止めることができない。

ただただ全身を痙攣《けいれん》させ、大きく息を喘《あえ》がせ、英智は彼の髪をつかんでいた。

「……いい味だ、さすがに若いオスだけあって……濃いな」

こくりとレオポルトが飲み干す。何て恥ずかしいことを。そう思うのだが、息があがってなにも口にできない。

「ん……ふ……っ」

どうしようもないほどの、これまで経験したことがない淫靡な心地よさ。全身が痺れたようになって、意識だけがどこか別世界を浮遊しているようだ。

そんな英智の茎の根元をつかみ、あふれ出たものを最後まで搾りだそうとするかのようにレオポルトの舌がなおも先端を嬲っている。

ぴちゃぴちゃという濡れた音。再び身体の奥で燃えあがりそうになる快感の火種に、はっと英智は我にかえった。

「や……たのむ……やめ……」

それ以上されたら、また大きくなってしまう……と、彼の肩をつかんだそのとき、英智は壁に映ったふたりのシルエットに心臓が停まりそうなほど驚いた。細長い人間の男が床に横たわって大きく足を広げている。その股間に顔を埋めている巨大なジャガーの影。

――――っ！

全身をこわばらせた英智に気づき、レオポルトが身体を起こして壁をいちべつする。

「見えるのか……獣の影が」

低い声の問いかけに、英智は瞬《まばた》きもせずじっとレオポルトを見あげたあと、再び壁に視線をむけた。

獣の影……。ステンドグラスからの光彩がちょうど彼に降りそそいでいる。淡い虹色の光に照らされた彼の姿は、美しいメキシコの男以外の何ものでもない。しかし七色の光の粒をまとったその影は、どれほど目を凝らしてもジャガーのままだった。

「あれが真実の私だ」

英智は息を殺した。

「獣の影……人間だったときに見えなかったものが見える。それこそが蘇生の第一歩だ」

「これが?」

「そう、おまえは新たなジャガー神の花嫁、聖なる生贄としてこの世に再生する準備を始めたのだ。このあとは我々の暦《こよみ》に従い、聖なる婚姻の儀を執り行っていく。すべての儀式が終了したとき、おまえの蘇生は完遂《かんつい》する。そこからおまえの新たな人生が始まるだろう」

蘇生、新たな人生。その意味はわかるが、ジャガー神の花嫁、聖なる生贄といわれてもまだぴんとこない。それでも自分が蘇生した感覚は抱いていた。

ただ自分になにが起きているのか、まだ混乱していた。

いきなり彼の口に射精した恥ずかしさもあるが、なによりいったん死んで、それからジャガー神の花嫁になるということに。わけがわからない。どうなっているのか。

今日、自分の身に起きていることをどう捉えていいのか。混乱したまま、それでも生きたいという気持ちが英智の意識を少しだけ冷静にしていた。

何としても生き残りたい。こんなところで死にたくない。ずっと会っていなかった母との再会、それから結婚式のためにも。それに、この男にも惹かれていた。これが恋なのかどうかはまだ自覚していなかったが、恋に似た感情があることだけはわかっていた。

だからブラックジャガーがこの男に変身したとき、ひどく驚きはしたものの、心のどこかで、彼がジャガー神だったことに、なぜかほっとしたような安心感を抱いたのだ。

(何だろう、この気持ち……俺……恋愛のことはよくわからないけど……)

レオポルトとの長い長いくちづけ。

甘い蜜のようなものを口内から流しこまれ、それが身体に溶けたあと、英智はそれまでまともに動くことすらできなかった身体に活力がもどっていくのを実感した。

ああ、自分は蘇生しているのだというはっきりとした感覚だった。

アマカからもらった命の種。レオポルトから与えられた蜜が種の養分となり、そこから発芽した生命の源のようなものがじわじわと細胞に染みこみ、毛細血管を伝って全身へと広がり、いったん死んでしまった英智の肉体を蘇生させていく。

身体のなかで起きているそんな変化を英智は感じとっていた。


「――行こうか」

「え……行くって……どこに」

「私の帝国へだ。キリストなどという異教の神の前で、おまえと交尾をしても婚姻にはならない。ただの生殖行為だ。おまえを抱くのは、もっと神聖な場所だ」

抱く――――その言葉に、なぜかさっき射精したばかりの性器の先端がまたじわっと濡れるような気がした。

「……どうした、また欲しくなったのか」

「別に……欲しくなんて」

まだくらくらとしているが、必死で身体を起こし、英智はズボンを元に戻した。かすかに大きくなりかけていたが、ファスナーをあげて懸命にそれを抑制する。

「それでいい。発情するにはまだ早い。帝国に行くまで耐えろ」

「発情だなんて……俺は……そんなこと」

「強がるな。すぐに抱いてやる。待ってろ」

耳元で囁かれ、英智は大きく首を横に振った。

「だから強がってなんて」

ないと言いかけた英智のほおにレオポルトの唇が触れる。その熱っぽい吐息の感触に英智は浅く息を呑んだ。

「……っ」

また肌が熱を帯びてくるが、そのとき、壁に映るふたりの影が視界に入り、英智はもう一度息を吸い直した。今度は冷静になるために。完全に英智の目には、彼の影がジャガーにしか見えない。その事実が少しだけ身体の熱を冷ましてくれている。

「では帝国にむかうぞ。この森の奥にある。このあたりからだと一昼夜かかる」

「あ、そういえば……この森の奥に人跡未踏の帝国があるって言われているけど」

「そのように伝えられているらしいな」

レオポルトは英智を抱きあげた。

「待って、歩くくらい自分で」

「まだおまえの身体は完全に回復していない。蘇生途中だ。じっとしてろ」

英智を抱いたまま、レオポルトは教会の外に出た。

「……っ」

ふっと外気が肌に触れ、英智は疑問を抱いた。

空を見あげると、明るいメキシコの太陽の光が木々の間に見える。

ちぎれ雲を点在させた空は、限りなく蒼い。風が吹くたび、ゆらゆらと火焔樹の花の影が焔のように空気を揺らめかせる。

真昼の熱気に包まれながらも、シンとした清らかさや神聖さを感じさせる空気。

チッチッと、極彩色の小鳥たちが森のあちこちで囀《さえず》り立てている。

いつもどおりのメキシコの密林がそこに広がっていた。

けれどどういうわけか、英智の目には以前よりも色彩が濃く見えている。

それにこれまでよりも花や緑の香りが濃密に感じられる。

たとえ離れた場所にいたとしても、そこに咲いている花が咲いたばかりのみずみずしさをたたえていることがわかる。それから、遠くの泉にある果実が今にも爛熟《らんじゅく》しかかっているのを、匂いや息吹の微妙な変化を感じた。植物だけではない。鳥や虫の囀りも恐ろしいほどはっきりと聞こえてくる。そこから彼らがなにを伝えようとしているのかも。

（俺の身体が……変化したのか？）

レオポルトの影を見ると、やはり地面に刻まれているのはジャガーのシルエットだった。

「あなたの影が……ジャガーに見えるのも……俺が蘇生したせいだって言ったけど……俺の五官は……もうこれまでと違うのか？」

「そうだ。人間には私の影は人間にしか見えないのだからな」

「広場で会ったときもあなたの後ろにジャガーが見えたのは？」

「あれはジャガーに近い魂があるかどうか……知りたくて試しただけだ」

「じゃあ……」

「私が見せた幻影だ。だが、今、おまえが見ているものは違う。おまえ自身が違う身体に蘇生したためだ。視覚だけでなく、すべての感覚が私のつがいとして生きていくために必要なものになってきている」

ジャガーにより近くなっているということだろうか。確かに五官に伝わる刺激から生じる感覚がこれまでとはかなり異質になってきていた。

自分がこれまでと違う生き物になっていこうとしている。はっきりと視覚や聴覚、嗅覚《きゅうかく》、そして皮膚の感覚からそれが伝わってくる。

不思議な面持ちであたりを見ている英智の様子に気づいたのか、レオポルトが囁く。

「しばらくは違和感をおぼえるだろう。だがそのうち慣れる」

慣れる？　この感覚に？　そんなことがあるのだろうか。

英智は思わず苦笑し、レオポルトの腕から降りた。

自分の足で地面に立つと、まだ足元がぐらついたが、それでも踏みしめてみたかった。

「まだ完璧に蘇生していない。歩きづらいだろう？」

レオポルトが腕を伸ばし、抱きあげようとするが、英智は静かにかぶりを振った。

「ありがとう、あなたの気持ちはうれしい。だが、自分の足で歩きたいんだ。空気も音も色彩も……以前よりもずっと濃くなって、すごく不思議な気がする。だから確かめたい、自分がどうなったのかを」

一歩二歩……と進んでいく。銃で撃たれ、いったん失血死してしまったのだ。土を踏みしめている実感がなく、最初はよろよろとしか歩けなかったが、五官が鋭くなった以外は以前と何ら変わりがない自分に、英智はほっとしていた。

「なにを考えてる？　不思議な表情をして」

「まだ自分でもよくわからない。いったん死んで蘇生するなんて、ふつうの人間なら絶対に体験できないことだ。己の死へのショック、生き残れたことへの感謝はあるが、この先、自分はどうやって生きればいいのか、まだ整理ができていない」

「この先なら、答えは簡単だ。私のつがいとして生きていく——それがおまえの人生だ」

彼のつがい。英智は男を見あげた。

「どうした、闇の神……ジャガー神を畏れているのか？」

畏れているもなにも、畏れない者がいるだろうか。

支配者としての尊大さと、神を自称するだけの高貴さをたたえたレオポルトのミステリアスな双眸を見据え、英智はかすれた声で答えた。

「もちろん畏れてはいる。恐怖ではなく、畏敬……という意味でなら。自分とは違う存在、神を畏れ敬う気持ちと同じもので」

「そういう気持ちの持ち主だからこそ、おまえが選ばれたのだ。自信を持て。あとは？　他になにかひっかかることがあるのなら訊《き》いておこう」

「あ……それならひとつ……大切なことが」

「言え」

「当たり前のことだけど、俺はあなたと同じオス……つまり同性だ。つがいといっても、婚姻と言われても……子供を産むことはできない」

英智の言葉に、今さらなにを言うのかと、レオポルトがかすかに苦笑を見せる。

「わかっている、そんなことくらい。そもそも私には子などいらない。完璧なパートナーが必要なだけだ」

「……完璧なパートナー？」

「警察でもそうではないのか？　一人では単独行動しないだろう？　つがいの役目は、ジャガー神を守護し、支えることだ」

つまり相棒のようなものを指しているのだろうか。

彼にとっての――花嫁、婚姻――というのは、人間の感覚とは違うのかもしれない。

闇と死を支配しているというジャガー神は、キリスト教の世界では悪魔のようなものと言う者もいる。だが、祖母も父もそうではないと口にしていた。

『ヨーロッパと違い、アジアや中南米には、生命に終わりはなく、流転するという考えが存在する。それは冬にすべての草花が死に枯れてしまう欧州と違う自然のなかで生きている。死や闇の意味が違うんだよ』

中南米もアジアも、冬に緑がなくなることはない。生命が死滅することはない。死んだものが他者の養分となり、消費され、次の生命の栄養となっていく。

そうした自然のなかで生きている者にとっては、死も闇も別世界ものではなく、生命をつなぐものだという価値観が生まれていく。だからジャガー神は悪魔ではない。死も闇もキリスト教の価値観とは違う。もっと身近で尊いものなのだと。

その意味はまだはっきりと英智にはわからないが、きっとジャガー神というのは讃《たた》えられ、崇められる畏れ多い存在なのだろうと思っていた。

「あなたを守護することがどんな役割なのかはわからないが、精一杯努力する」

女性ではないので、愛らしい花嫁にはなれないが、パートナーとして彼を支えるのが自分の役目ならば、なにかできることがあるような気がしてきた。

「役割も努力もなにも……言っておくが、おまえには他に生きる道はない」

「え……」

「おまえのなかにある命の種は、ジャガー神……つまり私の命とつながっている。私から離れると、おまえの命は消える」

「消える？」

「そう、いったん死んで蘇生した個体ゆえ、私——ジャガー神となった男がそばにいないと、おまえの命はすぐに消えてしまう」

「つまり俺は……あなたがいないと生命を保持できないのか？」

「そういうことだ。バッテリーのようなものだ。一定期間、ジャガー神から離れていると、おまえの命は徐々に失われる」

「一定期間というのは？」

「古い文献には、一週間と書かれている。よくはわからないが」

「これからはあなたのそばで生きていくしかない……つがいとしての『生』以外、俺には未来がないということか」

「不満なのか？」

顔をのぞきこまれ、英智は苦笑した。

「そういうことではなく、なにもかもが突然で戸惑っているだけだ。当然だろう、いきなり人生が変わったのだから」

「元の自分にもどりたいのか？」

もどりたい？　これまでの自分に？

たった二十三年の生。幸せだったのかそうでなかったのかといえば、自分自身のことだけを顧みれば、そこそこ幸せな人生だったと思う。

けれど警察官としてはやりきれないものも感じていた。

父のような悲劇をなくしたくて、目的や強い志を持っていたのに、結局はマフィアの言いなり。密輪用の麻薬を見つけても、見過ごさないと自分の命が危なくなる。

その果てにアマカを助けようとして銃殺されてしまった。おまえの命など一ミリの重さもないといわんばかりに簡単に。もう警察にもどれないだろう。もどったとしても殺されるだけ。別の仕事をさがしても、アレナスの息のかかった場所では生きていく場所はない。

つまりもうこれまでの自分として生きる道はない。

改めて自分の置かれている現実を実感すると、足元がぐらつき、目眩《めまい》がしてきた。そんな英智の肩に手を伸ばし、レオポルトは再び抱きあげた。

「戸惑うのは当然だ。人生が変わって冷静でいられる者はいない。だが、前向きに受け入れろ。この密林も太陽も、我々の婚姻を祝福しているのだから。おまえの選択は過ちではない。すべては自然なことだ。見ろ」

うながされ、見あげると頭上から赤い花が降ってきた。目が痛くなるほどの原色の花。ひとひら、ふたひら……と吊り鐘のような形をした深紅の花びらが舞い落ちてくる。

「すごい……」

見慣れたはずのその花も、これまでよりもずっと鮮やかな焔の色に見える。それに今まで感じたことがないほど濃厚で甘い香りが漂ってきた。

濃い緑の梢《こずえ》から漏れる陽差しが赤い花弁に反射され、淡い朱色の光となってシャボンの玉のようにふわふわと亜熱帯の密林のなかに揺れている。

幻想的な花と光のなかを、レオポルトが英智を抱いて進んでいく。

「祝福の花だ。森が我々の婚姻を祝ってくれている」

レオポルトの確信に満ちた言い方に、英智は心のなかでうなずいていた。

ただの自然現象かもしれない火焔樹の落花も、花の意志によって執り行われている儀式のように思わせる説得力が感じられる。

花に意志が存在するなどこれまで考えたこともなかったが、そのほうがずっと自然な気がしてくるのは、おそらくこの花がどれほど優しい香りを漂わせているかがわかるからだろう。

（身体が変化したせいか。すごく不思議だ）

生物というのは、こんなにも瑞々《みずみず》しいエネルギーに満ちあふれていたのか。以前は気にも止めなかったものにすら、愛しさを感じている自分が不思議だった。

ひとひらふたひらと、花びらが舞い落ちるなか、男が進んでいくと、うっそうとした密林の木々の間に自然と道ができていく。

人がたどり着いたことのない場所にある帝国……という言葉の意味がわかった。自然がバリケードとなって、彼らの帝国を守っていたのだ。

ジャガー神のつがいの役割がどういったものなのか、自分がどうして選ばれたのか、自分でいいのかまだ不安も戸惑いも感じているものの、これが運命ならば、少しでも前向きに、少しでもこの『生』をまっとうできるようにしたい。

やがて水の匂いを感じたかと思うと、密林の間から細い川が現れた。

木々が重なるように群生する間を、透明感のある細い川が蛇行しながら流れている。

おだやかな水面には、木々の緑がくっきりと映りこんでいた。

亜熱帯のカラフルな鳥や蝶が飛び交っているが、ワニがいるような川ではなさそうだ。ただし、毒蛇はいそうな雰囲気だった。

船着き場にたどりつくと、一艘《いっそう》のカヌーがつないであった。

「これに乗って帝国にむかう。川が流れていった先に入り口がある」

細長いカヌーの上に下ろされる。

レオポルトが綱《つな》を外すと、カヌーは川の流れに従って勝手に流れ始めた。

「船頭は必要ないのか？」

座席に座り、英智は問いかけた。先頭に立ち、ふりむくと、腕を組んでレオポルトは英智を見下ろした。

「川は私の意志に従って流れている。私の意識に同調し、こうしろと命令する前に私が望むようにカヌーを運んでくれている。花もそうだ。私の心に同調している」

見あげると、なおも花びらが降りそそいでくる。木漏れ陽を反射し、水面に赤い光の輪を揺らめかせながら。

「じゃあ、花が降ってくるのは、あなたの心が喜んで……」

喜んでいるからなのか？　と問いかけたかったが、やめた。さすがに幾らなんでもそれはないだろう。そう思った英智だったが、レオポルトは真顔でうなずいた。

「そうだ」

「……え……本当に？」

「当たり前だろう。生涯の伴侶《はんりょ》とめぐりあえたのに、喜ばないわけがない。私はこれまで生きてきたなかで、今ほど幸せで満たされていることはないぞ」

真面目な顔でにこりともせず、しかも尊大な口調で言われ、英智はどう反応していいかわからなくなった。

この人はどんな人生を歩んできたのだろう。ワージャガー帝国の帝王。ジャガー神。なのに、今が一番幸せだなんて。帝国に行けば、この人のこともっと詳しくわかると思うけど。

「本当に……俺でいいの？」

「ああ、気に入っている」

「だけど俺のこと、なにも知らないじゃないか。俺はどこにでもいるような、平凡で貧しい男だ。ただアマカを助けたというだけの」

「おまえのことならよく知っている。多分、この世界で誰よりも」

風に乱れる黒髪を気にする様子もなく、じっと目を細めて英智を見つめながら、レオポルトは艶やかに微笑した。

「この風や植物や大地が教えてくれる。おまえのこれまでの人生を。目を瞑ると、情景すら浮かんでくる。古い映画のように、しっとりと」

レオポルトはなにかを思い描くようにまぶたを閉じた。

本当に見えているのだろうか。あの人のまぶたの裏に、そんなものが。

「もちろんそれだけではない、私自身もおまえのことなら知っている。私の音楽に魂を震わせたではないか。そしてそのとき、私に恋をした」

「え……恋って」

「自覚していないかもしれないが、あのとき、おまえは私の音楽に運命を感じた。そして私という男に恋をし、胸をときめかせ、肉体を発情させた。セクシュアルな目で、私を見ていたではないか。子を孕みたいと願うメスの誘惑ほど露骨ではないが、あのときのおまえからは、発情期のオス特有の匂いがしていた」

淡々と冷静な語り口で、しかしあからさまなほど直截《ちょくさい》な言い方をされ、英智はほおが熱くなるのを感じた。

「ちょ……待ってくれよ……その言い方は……」

「もちろん、それ以外にも、おまえのことなら知っていることがある」

レオポルトはまぶたを開け、静かに言葉を続けた。

「その胸には、いつも父親と祖母の愛があふれた『尊い蝶』の護符を持っている。母親の結婚式のために一生懸命になっている。それからマフィアを憎み、警察の不正を嫌悪している。しかし組織内で力を付けるために、悪を見過ごすことに甘んじながらも警察にこだわっていた。だが、それでも生き物の密売を見過ごすことはできず、命がけでアマカを助けた」

「どうしてそんなことまで」

「言っただろう、風や大地が教えてくれると。おまえの考えや心の奥まで見通すことはできないが、この程度のことなら。たとえば、おまえがジャガー神の伝説に幼いときから惹かれていたことも、祖母の骨董屋で古代文明の話を聞くのが大好きだったことも、ついでに言うと、母親は毒蝶マニアで、再婚相手はヤドクガエルの専門家だということも」

「すごい……」

「性格もだいたいわかっている。内気で人見知り。だが押されると弱い。正義感が強く、周囲への感謝や自然への愛情を忘れない」

やはり神だ、と思った。性格まで把握しているとは。

「それから成績も知っている。英語も数学も国語も最下位すれすれ。歴史と体育だけが得意で、射撃の腕は全国トップクラス。警察官として柔道と空手をたしなみ、ボクシングもそれなりに得意だ。それから好きな食べ物も知っているぞ。サボテンのサラダと、卵と豆の煮込み。マンゴーのアイスクリーム」

なぜ……と問いかけるのもバカバカしくなった。履歴書を暴かれているような気がして、苦い笑みを口元に浮かべることしかできない。

「ずいぶん知られているんだな。だとしたら、本当に俺でかまわないってわけか」

自嘲気味に呟き、英智はあたりを見まわした。

少しずつ夕暮れになり、メキシコの密林をあかね色の夕焼けが赤く燃やし始める。火焔樹の花の赤さ、夕焼けの燃えるような赤さ。鳥たちが群れをなしてどこかに帰っていく姿がしんとした水面に映り、虫の鳴き声が反響する。

やがて月がのぼり、あたりは夜の闇に包まれた。

カヌーが水を分ける音だけが響きわたり、世界中に自分とレオポルトと、そして森のなかに息づく野生動物以外、なにもいないような錯覚が湧《わ》いてくる。

やがて目の前に石造りの大きなピラミッドが現れ、月の光によって、その入り口に川が流れこんでいるのが見えた。森の奥、泉のある開けた石造りの古代の祭壇のような、ピラミッドのような場所に連れて行かれる。

「あのピラミッドのむこうに我々の帝国がある」

鬱蒼《うっそう》とした木々に囲まれたピラミッドの中央部——苔《こけ》むした黒っぽい石の入り口に、船が吸いこまれていく。

すうっと石のトンネルのようになった暗がりにカヌーが入ると、一瞬でひんやりと空気が変化した。しんとした冷気が肌を包み、深い水の香りに呑まれていくにつれ、カヌーが水を分ける音があたりに反響する。

「こんな遺跡があったなんて——」

うっすらと暗闇から立ちのぼる松明《たいまつ》の焰をたよりに、迷路のようになった水路をカヌーで進んでいく。どのくらいの時間が経っているのか、感覚がつかめない。けれど空気の透明感、水の気配が心地いい。まったく光が届かないほどの地底にむかっているのかと思うくらい暗いのに、不安にはならない。

「こんなピラミッドがあるなんて、これまで知らなかったよ」

「ああ、この先にあるグアナファトの街の半分ほどの空間が我々の帝国だが、航空写真に撮られない場所にある」

「どうして」

「神の意志だろう。強烈な磁場に護られているため、上空から写真やカメラで写そうとしても機械が作動せず、撮ったとしても密林しか映らないようだ。もちろん関係者以外がこようとしても、密林が砦《とりで》となってたどり着くことができない」

英智は、さっき、自然に密林が道を作っていった様子を思いだした。

「だから人跡未踏の地といわれているのか」

何というミステリアスな場所なのだろう。

「そう、私の帝国は密林という砦に囲まれた人跡未踏の地だ。このピラミッドのなかに入ることができるのも、ワージャガー……つまり人豹一族とその眷属《けんぞく》だけだ」

「じゃあ、もし万が一、他の人間がこようとしたら」

「眷属でないものは、途中、水路のなかで呼吸ができなくなって絶命する。スペイン人に侵略されていた時代、何人かの勇者が入ろうとしたことがあったらしいが、次々とこの水路のなかで倒れていったらしい。それ以来、呪《のろ》いのピラミッドとして人々から怖れられ、放置され、風化され、今では伝説の文明都市となっている」

「この水路を通っても俺が大丈夫なのは……あなたのつがいになったから」

「そうだ、神官に見いだされ、ジャガー神にして帝王の地位にいる私に選ばれた。まだおまえとは聖なる婚姻をしていないので、単独で行き来することはできないが」

やがてカヌーはピラミッドの外に出て、広々とした船着き場に到着する。

松明が点《とも》り、あたりは昼のように明るかった。

そこは美しいピラミッド型の神殿を中心とした国家の中央部だった。


「これは……」

美しい月が三角形のピラミッドの頂上を青白く反射させ、夜空には信じられないほど無数の星が煌めいている。空気は澄み、あのピラミッドの水路のむこうとこちらでは次元が違う場所のように感じられた。現代のメキシコではない、異世界に紛れこんだかのような。

一体、何時間くらいカヌーで川を流されていたのか。時計を見れば、午前二時を指している。

（もうこんな時間になっているなんて）

そんなに長く過ごしたつもりはないのに。だが、確かそのくらい森の奥でなければ、これほどの大きな帝国が存在できないだろう。

レオポルトの帰還を待っていたらしく、マヤとアステカの入り交じったような衣装をつけた人々が、船着き場の前でうやうやしく立ち並んでいる。

そのむこうに何頭かのジャガーの姿も見えた。

人間とジャガーが共存しているらしい。

「どうぞお二人はこちらへ。神殿でご挨拶を」

そのうちの一人――上質の麻製の民族衣装を身につけた男性が近づき、屋根のない馬車に案内される。彼の影もレオポルト同様にジャガーだった。

「あのひともジャガーなの？」

「ああ、三歳年上の従兄のペドロだ。彼は、私になにかあったとき、次の帝王になる候補のひとりだ」

「じゃあ、彼もブラックジャガーなのか」

「少し違う」

「少し？」

「ペドロは私が生まれるまでは、帝王の候補だった。身体の左半分だけが黒、右半分は斑紋という特殊なジャガーだが、黒が身体に表れている以上は、闇の神の恩恵を受けた者として候補とされていたのだ。ただ私のようにいつでも自由に、好きなときに人間に変身することはできない。なれるときとなれないときがある。だから正式な候補とはされていなかった」

どうやら彼らのなかには、厳しい決まりがあるらしい。

「結局、完全な身体の私が生まれたことで、彼は、武力によって統率する将軍という形で、この国を護る役目を与えられた。今は私に次ぐ王位継承者だ」

「では、あなたにもしものことがあったら」

問いかけると、レオポルトは前髪をかきあげながらうなずいた。さらりとした髪。肩にかかる艶やかな髪がぞんざいに乱れている。

「そうだ、ペドロが次の帝王になる。おまえが私を殺して彼のつがいになれば、彼が帝王となるだろう」

「ちょっと待って……そんなこと……殺すなんていきなり」

それでは英智が帝王を決めるみたいなものではないか。

「つがいの役目は、帝王が道を誤ったときに正すことだ。あとで説明するが、つがいになるというのはそういうものだ」

道を誤ったときに正すなんて……そんな大きな役目を、まったく外部の人間である英智が担っていいものかどうか。

不安を感じているうちに、馬車は大きな通りを進んで、帝国の中央に立っている神殿のような、一番巨大なピラミッドの前へとむかっていった。

神殿はピラミッドのさらに奥にある、神の絵が刻まれた門のむこうにある別のピラミッドだった。あたりにはメキシコを代表するサボテン、テキーラの龍舌蘭、それから桃色の睡蓮《すいれん》の花や薔薇、純白の天人花《てんにんか》、チューベローズ、カトレア、西洋梔子《くちなし》などがふんだんに植えられ、大きな池の中央に、ジャガーの形の噴水が浮かびあがっている。水盤から弧を描くように流れていく水の筋を、石の柱にとりつけられた松明の炎が幻想的に煌めかせている。

まさに壮麗なメキシコの伝説のなかに迷いこんだような錯覚をおぼえた。

「帰還のあいさつのあと、おまえを紹介する。それから婚姻の儀の本番だ」

神殿の前までくると、ふわりとレオポルトは馬車から降り立った。その瞬間漆黒のジャガーへと肉体を変化させた。

「……っ」

美しくしなやかなブラックジャガー。

巨大な黒い獣がゆっくりと静かに神殿の頂上へとむかっていく。

一瞬、英智は我を忘れたように息を呑んだ。

漆黒の毛皮。黒い亜種はめずらしいと言われている。

艶やかで、美しく筋肉の隆起した体軀がこれ以上ないほど美しいジャガーだった。

神……まさに、古代からこの地でずっと神格化されてきた存在だというのがわかる。

あたりに一斉にジャガーと人間が集まっていく。そしていつのまにか千ほどの獣と人の集団が神殿の前の広場を埋め尽くし、レオポルトに深々と頭を下げている。

紹介すると言ったが、自分はどうすればいいのだろう。

そう思ったとき、すぅっと後ろから一人の男が近づいてきた。

さっき船着き場で出迎えてくれた、レオポルトの従兄のペドロだった。

(このひとが……レオポルトの次の帝王候補……)

ペドロは短髪ではあるものの、レオポルトと少し似た風貌で、それでいてややほっそりとしている。レオポルトと比較すると、より現地の民族に近いような、肌の黒さと彫りの深さをした男だ。

「英智さま、将軍をつとめているペドロです。どうぞよろしくお願いします」

「あ、はい、こちらこそ」

「このあと、帝王からお呼びがかかりましたら、英智さまは、まっすぐ神殿の階段をのぼり、帝王の前にひざまずき、彼の足にくちづけしてください」

「足に?」

「彼への忠誠を誓うのです。そのあと、彼は人間にもどり、あなたと聖なる婚姻を行います。全員の前で、あなたとつがいになったと証明し、承認される必要があるのです。その後、あなたを娶った承認がなされると、彼が暮らす神殿に入り、一週間、つがいになる儀式を続けてください」

彼の影も何度見てもジャガーの形をしている。彼だけではない。この帝国にいる人間たち全員の影が英智にはジャガーに見える。

「わかりましたか?」

「あ、ああ、何となく。ずいぶんたくさんの決まりごとがあるんだな」

「古くから続いていることですので」

「帝王は、ジャガー神の化身というわけか」

「はい。つがいになる者だけが、彼の寝室に入ることができ、彼との交合を行うことができます。つまり命を狙える場所を赦《ゆる》されるという意味です。それだけ彼との深い結びつきが必要なのです」

交合……セックス。つまり英智だけが彼と性的な関係を結べるということらしい。

「そのあとは、ふたりで人間社会に行き、ふつうの暮らしを始めます。帝国には、一年に一度だけ、豊穣《ほうじょう》と繁殖と死の時期――つまり死者の日の前にあたる今の季節にのみ、もどってくればよいのです」

「人間社会で暮らすって、ジャガー神なのに?」

「この帝国を護るための、帝王としてのレオポルトさまの役目です。生き神だけが自由にジャガーにもなれ、人間にもなれる」

「では、レオポルトだけが」

「はい。生まれ落ちたときに、闇の世界の色をまとったブラックジャガーだけで、この世に二頭として同じジャガーはいないのです。しかも三十年ごとにしか誕生しない。そして闇色のジャガーは、どのジャガーから生まれるかわかりません。そしてブラックジャガーとして生まれた者は、その前のブラックジャガー……つまりジャガー神の養子となり、その者が亡くなったあとに帝王と神の地位を受け継ぐのです。ですから、次のブラックジャガーが誕生すれば、レオポルトさまの息子になるのです」

「それはわかったが、どうして人間社会で……」

「この地を狙う者たちから、帝国の平和を守らなければなりません。今は、このあたりのオパールや遺跡出土品を採取するマフィア、アメリカの企業など」

「レオポルトの敵には……マフィアもいるのか？」

　問いかけると、ペドロはうなずいた。

「はい。かつてはスペインの侵略者、それからメキシコの支配者……今はアメリカ企業や地元のマフィアによって平和や財産を奪われないようにしていくのが帝王の役目です」

　そう、そうだったのか。『二人の目的が同じ』というレオポルトの言葉の意味がわかり、英智はほっと息をついた。

「さあ、お呼びがかかりました。どうぞ前へ」

うながされるまま、月の光が白い石を青白く照らし出すなか、英智は馬車から降りた。

ジャガーや人間が、さっとモーセが紅海を分けたように道をあけていく。

「私のつがいを紹介しよう。英智だ」

レオポルトの言葉を合図に、中央にいたアルビノのジャガー――アマカが神々しい響きの遠吠《とおぼ》えを始める。

その声に合わせ、別のジャガーが咆吼《ほうこう》をあげたかと思うと、オーケストラの旋律のように次々とジャガーが声をあげ、ピラミッドの周囲に螺旋《らせん》を描いて反響していく。

揺らめく松明の焔のなか、どのくらい集まっているかさだかではないが、ものすごい数のジャガーだった。息詰まるような、空気に包まれながら、階段をのぼっていった。ジャガーたちの心の声なのだろう、彼らの会話が耳の奥で反響する。

――花嫁だ、新しいつがいの相手だ。今度の相手は男らしい。

――男のほうがいい。先代のときの悲劇も、それから遠い異国の黒豹の帝国が滅んだのも、すべて女性がつがいの相手のときだったと言われているじゃないか。

――あのくらい清らかな男がいいだろう。綺麗なオーラをしている。

――だが、もう少しジャガー神にふさわしい雰囲気はないのか。あの服は、メキシコ警察の制服だろう。しかもあちこちぼろぼろだ。

——空港でアマカさまを助けようとして殺されたそうだ。だからあんな格好なんだよ。

——その話は聞いた。確かに、時代の変化の早い今、人間界から招き入れるには、そのくらいの凜々しさと、勇者としての実績がないと不安だ。

彼らの声を聞いているうちに、次第に、「つがい」の意味がわかってくる。

やはり思っていたとおりだ。

花嫁、婚姻という言葉とはまた違った形のものを指している。彼らが求めている「つがい」、その概念は、異質な生き物が無事に生きていくための伴侶というような存在をいうのだろう。

伴侶として彼を支える。彼の目的は、この帝国を守ることであり、それはマフィアとの闘いを意味している。

だからこそ、自分はこの不思議な運命を素直に受け入れる覚悟ができる。そのためにさっきの教会でのようなことが必要であったとしても。

神聖で、神秘的なワージャガー。闇の神、人豹帝国の帝王……。

英智はブラックジャガーの前に進み、まっすぐその姿を見つめた。

豹のような斑紋のあるジャガーしかいない帝国のなかで、ただ一頭だけ漆黒の毛をもったブラックジャガー——レオポルト。彼の傍らにアマカが近づいていく。

「ようこそ、ジャガーの帝国に」

これまでと違って、彼の言葉がはっきりと聞き取れる。

「今は、我々にとって婚姻と繁殖の時期にあたる。聖なる婚姻の儀が執り行われ、それが完遂したとき、レオポルトさまは、正式に帝国の王となり、雨の神、闇の世界の神としての完全なる支配の権利を得られる」

つまり、この儀式は、つがいとの婚姻というだけでなく、彼の正式な帝王への即位も意味しているのだろうか。だとしたら、これまでレオポルトは正式な神ではなかったのか？

そんな英智の疑問がわかったのか、アマカが説明をつけくわえた。

「つがいがいないと、彼の地位は『仮』のものでしかない。帝王であり、神となる者には、莫大《ばくだい》な権力と財産とはかりしれない力が与えられる。だからこそ、その力を制御する『つがい』が必要なのだ」

「制御って……俺が？」

そういえばさっきも、帝王を正すとかどうとか言っていたが。

「命の種を身体に持つ者だけが、帝王の命を奪うことができる。帝王が悪道に進みそうになったとき、その命を奪うのがおまえの役目だ。そして次の帝王となるべきジャガーと新たに婚姻を結ぶ。それが『つがい』の伴侶として選ばれた者の使命でもある」

「どうしてそんな権限が……」

英智は驚いてアマカとレオポルトを交互に見つめた。

「古来より続いている婚姻の形だ。外部の人間から、命の実を有する資格の者をさがしだして呑ませるのは簡単なことではない。我々も命がけだ。なぜならジャガー神がその力を悪用すればこの世は滅ぶ、制御する者がいなければアステカの帝国のように太陽が大量の生贄を求めるようになるだろう」

「無理だ……俺にそんなこと」

英智は声を震わせた。するとレオポルトの尊大な声が聞こえてきた。

「なら、自死しろ。次の伴侶をさがすだけのことだ」

「レオポルト……」

「私はおまえなら、命をあずけられると信じて、おまえを蘇生させた。だが、それを背負えないというのなら、この場で自死しろ」

命をあずけられると信じて、蘇生させた。何という重い言葉だろう。そんな力を自分が手にしていいのか。あまりにも畏れ多いものを背負うような気がして怖かった。

「なにを怖れている。私が悪道に進むような、つまらない男だと思うのか？　私がおまえに殺されるような愚かな真似《まね》をするとでも？」

その自信に満ちあふれたレオポルトの言葉に、英智ははっとした。

「いや」

「ならば、なにも怖れる必要はない。おまえはただ、警官を志したときやアマカを助けたときの、その一途な信念のまま、私を見つめていればいいだけのことだ」

そう言われ、英智は目が覚めるような思いになった。

そうだ、この男が信念を貫いているかぎり、英智と同じ目的をもっているかぎり、この男を殺す必要はないのだ。ふたりの志しているものは同じ。ともに同じ場所を見つめて生きているかぎり、この男の命を奪うことはない。

そうはっきりと確信したとき、また『尊い蝶《ケツアルパパロトル》』のペンダントが皮膚の上で熱くなった。

大丈夫だ。この護符が導いてくれている。俺の進むべき道を。

「俺は自死する気などない。あなたの命を奪う気もない。ただこの命を大切に生きて生きて、生き抜く。あなたとともに」

「いい返事だ」

美しく雄々しい漆黒のジャガーが悠然とほほえんでいるように見えた。

神秘的な眸。教会のなかで見たときははっきりとわからなかったが、こうして間近で見ると、その妖しく煌めく双眸は、メキシコオパールのように美しい。

遊色《ゆうしょく》が多いほど稀少《きしょう》とされるその宝石と同じように、光のかげんで、金色にも、焔の色にも、紫色にも揺らいで見える。

その目と視線を絡めていると、身体の奥のほうが熱く焦げるような、奇妙な疼きを感じた。

自分の体内で、神官に埋めこまれた命の種が発芽している。そんな感覚だった。

自分の身体のなかを渦巻いていく不思議な感情と感覚。

その眸の奥に、彼らの文明が太古からこの地でたどってきた歴史の深遠が感じられる。

一族以外の人間の侵入を拒み、現代科学を尽くしても知ることができないこの帝国。

この世界の自然への畏れ、彼らの歴史の重みを肌で感じながら、英智はひざまずき、その前肢にそっとくちづけした。

その次の瞬間、ピラミッドの上に強い風が吹き抜けていく。

「……っ」

その風にうながされるように、目の前のジャガーが人間の姿に変化した。

「では誓え、私のつがいになると」

顔をあげると、レオポルトが尊大に手を差しだしてきた。英智はその手をとり、そこに唇を近づけようとした。だが、さっとその手をひき、レオポルトは腰から抜きとった黒曜石のナイフを月にかざした。松明の焔をきらりと反射する黒い剣の煌めきが目に刺さる。

わけがわからず、ひざまずいたまま目をみはっている英智を見下ろし、レオポルトは、すーっとナイフの先で自分の手首を切った。

そこから流れていく深紅の血。

数百年前まで行われていたアステカ文明のサクリファイスの儀式を思いだした。

こんなふうにピラミッドの上で、黒曜石のナイフを使って行うものだった。ただしアステ力では、生きたまま生贄から心臓をとりだす行為だったらしいが。

この地では、古より心臓や血は神から与えているものと考えられた神聖なものだった。

「口を開けろ」

英智はひざを崩したような姿勢で座ったまま、唇をひらいた。レオポルトは月を背にその血の滴りを英智の舌の上にぽとりと落としていった。

一滴二滴と、舌の上に落ちていく血の雫。

無味だった。けれど馥郁《ふくいく》とした香りを放った液体だった。レオポルトの血が喉へと流れこんだ刹那、胸に下がった『尊い蝶』のペンダントがこれまで感じたことがないほど熱くなる。

「……っ」

ちりちりとその熱に反応するように、体内に彼の血が吸収されていく実感を抱く。

どういうわけか、また肌が熱くなってきた。さっきのくちづけ、教会でこの男に口淫されたときの身体の熱と同種のものが。

鼓動がどくどくと脈打つ。ぽとり、ぽとりと、舌に落ち、喉の奥の粘膜へと溶けこんでいく彼の血。英智が血を飲み終えたのをたしかめると、レオポルトはナイフを腰にしまった。

「さあ、こちらへ」

レオポルトは、英智の腕をとり、神殿の一番高いところに連れて行った。

「……あの……」

いきなり英智の肩を押さえつけ、レオポルトがのしかかってきた。

「先ほどの続きを始める」

「続きって」

「肉の結合だ」

「ちょ……あの……俺は…その……っ」

ズボンのベルトに彼の手が伸び、英智は反射的にレオポルトからのがれようと手でその身体を突っぱねる。

こんなところで性行為なんて考えられない。腕の拘束がゆるんだすきに立ちあがった英智は、しかしピラミッドの周囲にいる膨大の数のジャガーや人間たちに気づき、動きを止めた。

「……っ！」

さっきよりも増えている。いや、まだぞくぞくとやってきている。

「この婚姻は、帝国の大切な神事だ。おまえは神に捧げられた生贄であり、私の命はおまえに捧げられた生贄だ。ふたりの肉の結合を証明し、全員から、おまえがつがいだという承認を得なければならない」

「全員……」

この場で、彼らに見つめられながら、するしかない。そして二人のそれを見るため、ピラミッドのまわりには一斉に何百、何千頭というジャガーが集まっている。

逃げ場がない。そう悟ったとき、後ろから強い力で引っぱられた。視界が大きく揺れたかと思うと、石の祭壇に背中から投げだされる。上からレオポルトがのしかかってきた。

「待って……とにかく俺には……わけがわから……」

どうしていいのか、英智はとまどっていた。

「聖なる結合だ、尊い気持ちで受け入れろ」

目を細め、レオポルトが突き刺すような眼差しで見下ろしてくる。

聖なる結合――。

そうだ、これは彼らにとっては単なる性行為ではない。この帝国のための大事な儀式なのだ。尊い気持ちで受け入れなければ。大きく息を吸うと英智は覚悟を決め、目を瞑った。そのとき、視界の端にかすかな夜明けの予兆があるのを感じながら。


東の空にのぼり始めた朝陽がうっすらとピラミッドの頂上を薔薇色に染めている。

ジャガーたちの帝国の石造りのピラミッドの最上部。

まばゆい陽差しに照らされるなか、朝のしんとした森の大気が流れてくるのを感じながら、祭壇に横たわり、少し影になった場所で着ていた衣服を半分ほど脱がされ、さっきからレオポルトと、昨日から四度目のくちづけをしていた。

「ん……ふ……っ」

余裕のない噛みつくようなくちづけに息があがってくる。もうずっと鼓動がドクドクと大きく脈打っていた。

どうしよう。緊張と不安、それから羞恥でどうにかなってしまいそうだ。

聖堂で二人きりだったときは、もっとゆるいくちづけでも身体が熱くなったのに、何千というジャガーがまわりにいると思うと、それだけで身体が硬くなったままだった。

「ずいぶんデリケートにできているようだな」

いっこうに反応を示さない英智に、レオポルトは淡く苦笑した。

「すまない……やっぱり……緊張して」

下にいるジャガーたちから、ピラミッドの頂上の二人がはっきりと見えるわけではない。ただ囲まれているだけ。おそらく見えたとしても、小指の爪ほどの大きさだ。せいぜい睦《むつ》みあっているようなシルエットが蠢いている程度のものだろう。

だが、それでも周囲にジャガーたちが集まり、自分たちの性交を確認しようとしていると想像してしまって、どうしても意識がそっちにいってしまうのだ。

「では、もっと緊張を煽ってやろう。日陰のほうがいいかと思ったが、どうせならこっちへ身体をずらして、上を見ろ」

英智の腰を抱いて、レオポルトが朝の光に晒《さら》されている祭壇の反対側へと運んでいく。石の台に横たわらされると、ジャガーたちの咆吼が激しくなり、なにが起きたのか英智は驚いて大きく目をみはった。

「え……っ」

大きな鏡が五箇所に立てかけられている。

どういう角度になっているのかわからないが、一枚が一枚を映し、さらにもう一枚……と幾つもの角度から映しだされた二人の姿がそこにはっきりと映しこまれていた。

ジャガーの影としての彼ではなく、人間のレオポルトが。

「ここに映った姿は、空洞になったピラミッドの下の鏡に映り、外にいるジャガーたちの前にある鏡に映しだされるようになっている。曖昧《あいまい》な影でもよかったが、はっきり見せつけてやったほうが、皆も納得する」

つまりカメラの一眼レフのようなものなのだろうかとは思うもの、驚いてしまって冷静に考えられない。

「ちょ……待って……これだと……完全に……みんなに」

「見せてやれ。我々の結合を全員が見学しているのだ。そのあと彼らも繁殖期に入る。国中を発情させるため、我々が見本を示さないと」

ぐいっと大きく足を広げられ、鏡に映しだされ、へその近くをレオポルトが甘噛みしてきた。舌先で脇腹のあたりを舐められ、ぞくぞくと背筋が痺れ始める。

「や……やめ……っ」

恥ずかしい。そう思ったとたん、じわりと身体の芯のあたりが疼いた。腹部に彼の吐息が触れたかと思うと、次は腰骨に歯を立ててくる。

「……ん……っ」

たまらず息をつく。ほおを上気させ、裸体のまま足を大きく広げている自分が鏡に映っている。レオポルトの姿は背中しか見えない。だが彼の手ににぎられている英智の陰茎がすでに形を変えているのがわかる。

とろとろと染みでた先走りの汁がレオポルトの手の腱《けん》をたどって流れ落ちていく。そのぬめりのある蜜に朝の陽が反射し、鏡のなかでプリズムのように煌めいている。

そんな己の有り様をジャガーたちが余さず見ているのかと思うと、どうしたのか、さっきまでと違って、反対に身体の奥に火が付くような気がした。

「……っ」

「見られているほうが燃えるのか、なかなかいい趣味だ」

ふわりと腰が浮きあがったかと思うと、あたたかな花の蜜のような、なにか香油のようなものを尻の割れ目に塗りこまれた。

「やめ……そんなとこ……」

レオポルトの舌先がそこに伸びてくる。ふっと内腿に触れる彼の吐息すら刺激となり、英智は全身をぴくりと震わせた。

彼の舌先が蕾《つぼみ》をつつきながら、その奥に今の香油のようなものを流しこもうとしてくる。

「あ……や……っ」

とろりと体内に入りこんでくるあたたかな蜜の触感がたまらない。

それを肉襞の奥に送りこもうと、妖しく蠢く弾力のあるレオポルトの舌先の触感に、英智の心臓がどくんどくんと鳴り響く。

「あ……はあ……ああっ」

だめだ、息があがる。どうしよう、快感なのか不快感なのかわからない。ぴちゃぴちゃと淫猥《いんわい》な音が響き、ぬるついた舌先が後孔の窄《すぼ》まりをほぐしていくにつれ、肌が粟立《あわだ》ち、触れられた場所が疼いている。

「あっ、や……そこっ、そんなふうに……されると……もう」

ぐにゅりと挿りこんできた舌先の感触がなやましいほどの快楽を生んでいく。

香油と彼の唾液《だえき》とが入り交じり、臀部《でんぶ》や腿の付け根をぐしょぐしょに濡らした自分の姿が鏡に映っていていたたまれない。

「これ以上おまえを慣らしてやる余裕も、ほぐしてやるだけの余裕もない。日蝕《につしよく》の間に情交を完遂させたい。今は、あきらめて、たっぷりと嬲られろ」

日蝕――？

うっすらと目を開けると、レオポルトの肩のむこうにまばゆい太陽が見えた。その太陽が少しずつ欠けそうになっているのが見えた。

英智を押し倒したまま、レオポルトが腰骨を引きつける。ふわりと腰が浮いたように感じた次の瞬間、尻を大きく左右に割られた。

続いて皮膚に硬い肉塊が触れる。ぐちゅっと音を立てたかと思うと、亀頭の先端に後孔が広げられていく。すさまじい重みと圧迫感に、英智は身体をのけぞらせ、神殿の石の床にきりきりと爪を立てた。

「あ……あ……あぁっ……ひっ……うう……あああぁっ！」

たまらず絶叫が喉から迸《ほとばし》り、神殿に反響する。

突き刺されるような痛みだった。猛々《たけだけ》しい男の性器が凶暴に英智の体内を埋め尽くす。ほんの少しでも身じろいでしまうと、そのまま腰骨が砕けてしまいそうに思えた。

「苦し……っ……く……だめ……だ……やめて……無理……」

眉をよせ、苦しさのあまり、全身をこわばらせてしまう。

「無理ではない、力をぬけ」

レオポルトが英智の腰をひきつけ、ぐうっと根元まで埋めこんでくる。半分ほど埋めこまれたそれの苦しさに、英智は痙攣しながら息を喘がせることしかできないでいた。

「いや……無理だ……っ…あ……あう……あっ……っ」

どうしていいかわからない。あまりの衝撃に耐えきれず、かたくなに力を入れることしかできないのだ。そんな英智の胸をさぐり、乳首を指先でつぶしたかと思うと、レオポルトは手のひらでぎゅっと性器をにぎりしめてきた。

「あ……や……っ」

乳首をこねまわしながら、もう一方の手の親指の腹で敏感な先端の割れ目を割り、ぬるぬると卑猥《ひわい》な動きで刺激を与えてくる。その二点からざあっと甘く熱い波が広がり、これまでとは違ったあまりの快感に腰の力が抜けてしまう。

「あ……ああっ、ああっ」

乳首を弄られるたび、なぜか電気が走ったように英智の身体は痺れてしまう。指先で感じやすい性器の先端をしきりに嬲られ、次第に悲鳴とは別の、奇妙な声が喉からあふれ出す。

「あ……ん……あぁっっ……」

いつしかゆるんでしまった体内にぐぅっとレオポルトが根元まで埋めこんできた。

さほど馴《な》らされてはいなかったものの、香油でとろとろに蕩かされていた窄まりは、ずぶずぶと音を立てながらレオポルトのそれを呑みこんでいく。

「すごい……底なし沼のようだな……よくなってきたのか?」

感心したようなレオポルトの囁きに、顔をあげると、その肩のむこうに太陽が見えた。少しずつ欠けようとしている日蝕の太陽。

それでもまだ明るく照らされている自分たちの姿が鏡に映っていて恥ずかしい。

恐ろしいほどいやらしい顔をしている自分と、ひらききった自分の後孔がレオポルトのペニスを銜《くわ》えこんでいるのがはっきりと視界に入る。

「こんな……っ…恥ずか……ああっ」

「気持ちよくなってきたのか」

「……ん…わから……」

体内の奥に巨大なモノを埋めこまれ、全身が痛くてどうしようもない。それなのに、どうしてこんなにうずうずと粘膜が疼いてしまうのはどうしてだろう。

「もっと感じろ。好きになれ、こうされることに。これから毎日私に抱かれるのだから」

腰を打ちつけられるストロークが激しくなっていく。

いつしか太陽の半分が完全に欠け、あたりが薄暗くなる。不思議なほどの灰色の世界のなか、ゆさゆさと大きく上半身を揺さぶられ、自分で自分がわからなくなってしまう。

「あ……っ……ああっ」

レオポルトが腰を動かすたび、充血した結合部がこすられ、かっとそこからはじける快感に、英智の全身はかくかくと痙攣する。

「最高だ、心地よく私を喰《く》いちぎりそうな粘膜……おまえは申し分のない相手だ」

暗闇のなか、かきまわすように動かしながらレオポルトが腰を進めていく。次第に英智の喉からはなやましい声がほとばしっていた。

「ん……あぁ……あぁっ！　ああっ！　……ああっ……あっ」

日蝕に包まれた暗い石造りの神殿、密林に反響する声。聖なる婚姻なのか、ただ快楽を貪りあっているのかわからない。

たくましく強靱《きょうじん》なレオポルトの体軀。ジャガーにも変化できてしまう神のような存在。

「ああっ、くう、ふっ、う……あぁっ」

「いい声だ、心地いい、私が奏でる弦楽器の音のようだ」

レオポルトはいっそう強く奥を抉ってきた。激しい身震いとともに、衝きあがってくる絶頂感。そのまま一気にのぼりつめていく。

「あ……っ……達……あ……」

しかしペニスからあふれそうになるものをレオポルトに指ですかさず止められる。

「だめだ」

きりきりと根元から締めあげるように握られ、先端を指で封じこめられて射精ができない。これは辛い。

肌が一気に汗ばみ、涙を流しそうな目で見あげても、あたりが薄暗くてよく見えない。

「どうして……あ……うっっ！　……苦し……っ」

「これは儀式だ、太陽が完全に姿を消した瞬間、私と同時に果てろ」

尊大に命じると、レオポルトはさらなる抜き差しを始めた。荒々しい律動。射精のできない苦しさとこすられる快感に頭が真っ白になっていく。

身も心もドロドロに溶かされ、すべての細胞という細胞が彼に支配されているようだ。

「ああ……あ么っ、く……っ……ああ……」

少しずつ光をとりもどし始めた日蝕の太陽の下で、ぐいぐいと激しく突きあげてくる。

夕陽のような太陽の光が少しずつ英智の顔を照らしていくなか、のけぞるたび、首からかかったペンダントが大きく揺れる。

はめこまれた赤いオパールが淡い太陽を反射し、その光がプリズムのようになって、レオポルトのほおや首筋、腕、そしてあたりの石に赤い光の揺らめきを刻んでいた。

「……綺麗だ、おまえの表情も、その護符も」

ゆらゆらと揺れる赤い光。火焔樹の花の揺らめきにも似た光。

朦朧としたさなかに見あげると、地上にいるよりもずっと空と太陽が近い気がして、これから自分が太陽の神に捧げられる生贄にされるような気がしてきた。

再び太陽が完全に姿をとりもどし、淡いオレンジ色だった陽差しがいつの間にか焔のようになり、オパールの赤がいっそう赤々と輝いている。

朦朧とした意識のなか、揺れている影が目に入った。

神殿の壁に、ふたりのシルエットが刻まれている。自分、そしてその上にのしかかるジャガー。目の前の男は人間なのに、影はジャガーになっている。

ああ、自分はレオポルトという人間とつながっているのか。それともジャガーと交尾をしているのか、次第にわからなくなっていく。

もう鏡の存在も、ピラミッドの周囲に大量のジャガーがいることもどうでもよくなっている。

「すごいな……あ……っ……く」

レオポルトの息も荒くなってきて、それが少しうれしかった。

「おまえの身体……すごくいい……心も身体も……最高のつがいだ……」

激しい快感が衝きあがった一瞬、ぴたりとレオポルトの動きが止まった。

「ん……ああっ……」

吐きだしてしまいたくて、たまらずその腕に爪を立てる。

その瞬間、熟れた体内に熱い液が吐きだされるのがわかった。どくどく……と、そそぎこまれた粘液が肉襞に溶けていくのを感じる。

同時に自分も果てて、気がつけば太陽の光が消え、まわりの密林は濃い闇のなかに沈み込もうとしていた。

「おまえは私の花嫁だ。永遠に私と生き、私と死ぬための」

くちづけとともにレオポルトの囁きが耳元に響く。驚くことばかりなのに、その言葉をど

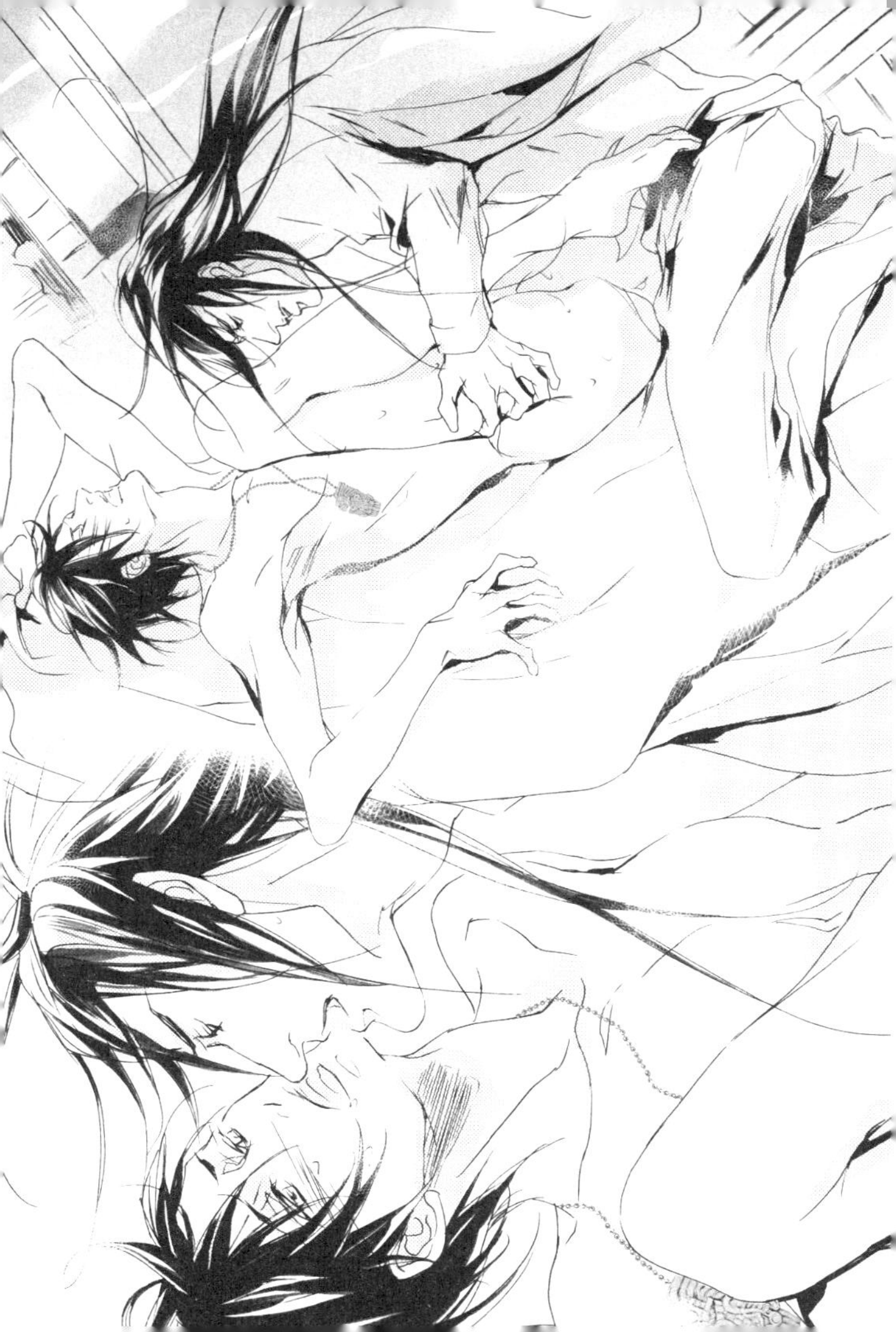

ういうわけか嬉しいと思っている自分がいた。

4　神殿の蜜月

密林の植物が妖しく絡みあい、噎せるような大気が全身を包んでいる。

寝苦しさの奥から意識が戻ったとき、英智は自分がこれまでのアパートではなく、見知らぬ空間のなかの、神話に出てきそうな寝台で眠っていることを自覚した。

（あ……そうか……ここは……レオポルトの）

一瞬にして、自分に起きたことを思いだす。

空港でアマカを助けたのは、二日前のことだった。

昨日は日の出とともに情交を行い、日蝕が終わったあと、繁殖の時期を迎えたジャガーたちが一斉に交尾を始めるのをうつろな眼差しで見ながら、英智はレオポルトに連れられ、あのピラミッドのさらに奥にある神殿へとむかった。

地下道を通り、森の奥にあるレオポルトのための王宮に案内された。

まわりには、銃をたずさえた人間の兵士たちが警備している。

彼らは繁殖年齢を終えたジャガーたちで、交尾ができなくなると人間の姿になるらしい。

女官に浴室に案内され、白い古代衣装のようなものを与えられたあと、寝台にむかうと、ゆったりと横たわってブラックジャガー姿の彼が待ち受けていた。

『ここが私とおまえの寝所だ』

枕元《まくらもと》にゆったりと寄りかかっているジャガーの姿に、英智は少しほっとしていた。

なぜだろう、人間の彼だと緊張して安眠できない気がしたからだ。

初めての情交の相手。淫靡な快感に恐ろしいほど乱れてしまった自分を思いだして、恥ずかしかったというのもある。

ベッドに横になると、神殿の窓の外に満天の星空が広がっているのが見えた。

透明な青白い月に照らされた静かな夜の神殿。明け方、朝陽とともに始めた情交の激しさの余韻が、英智の身体にまだ倦怠感《けんたいかん》を残している。けれど不思議と痛みは残っていなかった。

『眠るときは、ジャガーになるの？』

『そのほうが落ち着く』

『じゃあ、一緒に眠ろう』

英智はジャガーに近づき、その隆起した肩にもたれかかった。不思議な安心感。そんなに被毛は長くないのだが、ふわふわとした優しい毛の存在を感じて心地がいい。

『怖くないのか、ジャガーを相手に』

『好きなんだ。ジャガーにずっとこうして触れてみたくて』

耳に触れ、顔を近づけると、薔薇の香りがした。

このジャガーは触れても噛みついたりしない。腹が減っても自分を食べたりしない。どれだけ抱きついても、唸《うな》り声をあげられることはない。前肢ではたかれる心配もない。

そう思ったとたん、何だかどうしようもないほど彼が愛しくなってきた。

『あの……伴侶ということは、あなたは俺だけのものなんだよね』

英智は顔を覗《のぞ》きこみ、尋ねてみた。

『つがいとはそういうものじゃないのか』

手の甲を毛繕いしながら、ジャガーが答える。

『じゃあ、噛ませて』

かぷりと耳の付け根を甘噛みする。さくっとした毛とやわらかさが心地よい。

『……っ……やめろ、なにを考えているんだ』

驚いたように、ジャガーが前肢で英智の肩を突っぱねる。

『何で？　あなただって、さっき俺の耳を噛んだじゃないか』

『それとこれは別だ』

『じゃあ、もっと触らせて。いろんなところが知りたい。憧れていたんだ、こんなふうにジャガーに触れるのを』

その手首をとり、英智は指先で肉球のすきまをぐりぐりしてみた。

『やめるんだ、くすぐったい。この変態が』

『どうして？　ミゲルも好きだったのに。耳を噛まれるのも、肉球をぐりぐりされるのも。そのたび、尻尾《しっぽ》を振って、俺に甘えてきたんだ』

『この私を麻薬探知犬などと一緒にするな』

『やっぱり、猫よりも犬のほうが素直ってことか』

変な気持ちだった。レオポルトと一緒にいるときの緊張感はなく、自分のペットといるような気がしていた。

『そのへんの犬猫と同じ扱いをするとは……たいした男だ。私は帝王であり、神だぞ』

尊大に言う姿を、英智はじっと見つめた。やっぱり人間のレオポルトといるときのようなドキドキとした緊張感や肌のざわめきは感じない。けれどとても愛おしい。森の神秘の生き物ジャガーがここにいて、自分とベッドをともにするなんて夢のような気がして心がはずんだ。

『だけど、あなたは俺の伴侶だろ』

『そうだ』

つんとした表情でうなずく姿もとても愛おしい。このブラックジャガーが自分のつがいだということに、英智のなかの愛しさが深まっていく。

英智はそのあごに音を立てて軽くキスし、その前肢にもキスをした。

『早く寝ろ。それ以上やると、犯すぞ』

『なら、抱いて』

『え……』

『ジャガーにくるまって眠りたい』

『それなら人間の私に抱かれろ』

『だめ、ジャガーのあなたがいい。そのほうが緊張しないから』

英智は大きなジャガーの肩にもたれかかり、その毛にほおをすり寄せた。絹のようになめらかな毛の感触に思う存分包まれたいと思うのは変だろうか。

『緊張しないだと？　私を自分のペットかなにかと勘違いしてないか』

『かもしれない。もちろん、ジャガーのときのあなたも人間のあなたも……とても畏れ多くて、高貴な存在には感じる。でもジャガーのあなたとこうしていると、畏怖以上の親しみというか、愛しさを感じて……何か一緒に遊んだり、甘えたり、甘えられたり……そんなことがしたくなるんだ』

『やはりペットと思っている』

『違う……ペットというより……家族？　でもよくわからない。ただジャガーにくるまっていると、ぐっすり眠れる気がして』

自分でも不思議だった。人間の彼ならきっとこんなわがままや甘えたことも言わなかっただろう。けれど動物への親しみとでもいうのか、ジャガーのレオポルトだとちょっと無理なことでも頼めそうな気がしている自分が不思議だった。

『まあ、いい。今夜だけだぞ』

レオポルトは英智を抱きしめるように身体で包みこんだ。体温のあたたかさが心地よい。

英智はその胸にまたかぷりと甘噛みしてみた。

『おまえのほうが猫ではないか』

『え……』

『猫は……甘えたいとき、そんなことをしてくるらしい』

『じゃあ、そうなのかも。あなたの血を呑んで、猫に近づいたのかも』

そうか、自分でも知らないうちにジャガーに甘えていたのか。いや、そうかもしれない。いきなり聖なる婚姻だの、ジャガー神のつがいだのと言われて驚きはしたものの、自分を必要としてくれる存在がいたことに喜びを感じているのかもしれない。

考えれば、祖母が亡くなってから、この五年間、ずっと一人だったから。

『どうした、また泣いているのか』

ジャガーに問いかけられ、英智は自分の目元が濡れていることに気づいた。

『ごめん……ちょっとうれしかったんだ。だからあなたに甘えてた。俺……こんなふうに他人と眠ったことがなかったから』

英智はジャガーの前肢をつかみ、狂おしい気持ちでその肩のあたりの被毛に顔を埋めた。

優しい毛の感触。うっすら浮きあがって見えるジャガー特有の斑紋。

『遊んでないでゆっくり寝ろ。これから死者の日まで、幾つもの儀式をこなさないといけないのだから』

クールで尊大な声とは裏腹に、うっすらと濡れていた英智のまぶたを舐めていく彼の舌の動きはとても優しい。

ジャガー。自分の伴侶、つがい。一緒に生きて、一緒に死ぬ。本当なら怖い生き物なのに、怖くない存在だということがうれしくてどうしようもない。

何て心地いいのだろう。本物のジャガーの毛のぬくもり。甘い薔薇の匂い。

そうやって寄りそううちに彼の毛から伝わる体温が英智の皮膚へと浸透し、ふんわりとした温もりに心まで満たされていった。そうして英智はいつしか深い眠りについていた。

そのあと何度か目を覚ましては寝て、また目を覚ましてとくりかえしているうちに、いつしかジャガーの姿が傍らになかった。

「レオポルト……どこに」

天蓋《てんがい》付きのベッドのなかでそのぬくもりを求め、身体を起こすと、ふいに耳に優雅なヴァイオリンの音色が聞こえてきた。

「……その音……」

泉に面したテラスでヴァイオリンを演奏するレオポルトの姿が見えた。

裸身に、長いケープをはおっただけの姿で。あの広場で耳にした音楽のような、切ない響きに胸が締めつけられていく。

音楽をもっと聴きたくて、英智はそばにあった毛織物のストールを肩にはおり、ベッドから降りて彼に近づいていった。

テラスの床に座り、じっと彼の音楽に耳をかたむける。その横に立ち、優雅にヴァイオリンを演奏する男。そんなふたりの姿が泉に映っていた。

こうしてその優美な音楽に耳をかたむけていると、一瞬、彼がジャガーだというのが奇妙な夢のように思えてくる。

昨夜、その腕に包まれながら眠ったのは夢で、彼は変身などしないのではないかと。

だが、それはその足下から伸びる黒い影を見ればすぐに、現実だと悟るわけだが。

人間のときも英智の目には彼の影はジャガーに見えるのに、泉に映る姿は人間のレオポルトのままだから。

さらりとした長い髪が風に揺れ、彫像のように完璧なラインの裸身にまとった白いケープと同じ方向になびいている。

何というまばゆい男だろう。さすがに、神、帝王として崇められるだけあり、神々しいほどの美しさを感じる。それにひきかえ、自分は何と平凡なのか。ただただ健康的なだけの青年に過ぎない。だから緊張するのだろうか。あまりに不釣り合いすぎて。ジャガーのときにリラックスできるのは、そういう理由があるのかもしれない。やがて演奏を終えると、レオポルトは英智に後ろから近づき、泉の水面に映る自分たちの姿に視線をむけた。

「美しくなったな、性の喜びを知って、妖しい色香が出てきた」

後ろから英智をはがいじめにし、そっと耳元に唇を近づけてくるレオポルトの姿が泉に映っている。昨日のしかえしのつもりだろうか、耳朶《じだ》を甘噛みしてきた。

「レオ……っ」

「人間の私には、甘えてくれないのだな」

水面越しに、レオポルトになやましげに見つめられ、英智は視線をずらした。

「あ……いや、甘えるなんて……あの……すまない、昨夜はどうかしていて」

ジャガーのときとは違う。同じ相手だとわかっているのに、どういうわけか、人間のレオポルト相手だと、その眸を正視するのすら気恥ずかしくなってしまう。

昨日、あんなふうに激しく身悶えたことが恥ずかしいのか、何なのかわからないが、ここにきて急に自分でも落ち着かなくなっている。

「どうして謝る？　昨夜みたいなのも悪くない。ペット扱いされるのも新鮮で刺激的で、楽しかったぞ、誰からも畏れられ、崇められ続けているのも疲れるものだからな」

英智の手をとり、手の甲にチュッと音を立ててくちづけしたあと、そのまま肩の付け根にレオポルトがくちづけてくる。さらりとした美しい髪、端麗な目元、それから圧倒的なオーラを持つ男がどうしてこんなことをしてくるのだろう。肌がざわめき、鼓動がドクドクと大きく鳴り響く。そんな己の状態にとまどいを感じる。

「どうした、今朝は変だぞ。ジャガーの私をペット扱いしたおまえとは思えない。せっかくおまえが喜ぶと思って演奏したのに」

「え……今のは俺のために?」

「私のヴァイオリンが好きだと言ったじゃないか。だからおまえのために演奏した」

真顔で囁き、軽くくちづけしてくる。そんなことって。今の演奏を自分のためにしてくれていたなんて。

「変なやつだな、困った顔をして。もっと他にして欲しいことがあるのか? なら教えてくれ。前に話しただろう、おまえの過去や考え方は風や木が教えてくれるが、心のなかまでわかるわけではないと。さあ、言え。他にして欲しいことを」

あごをすくいあげられ、じっと顔を覗きこまれる。英智はあわててかぶりを振った。

「と、とんでもない。ジャガーと一緒に眠れたことだって、今のヴァイオリンで目覚めたことだって、すごくすごくうれしいのに、これ以上、なにかして欲しいなんてとんでもない。俺こそ、なにかさせて欲しいと思ってるのに」

「なら、もっと私にうちとけろ。昨夜はあんなふうに眠れて幸せだったぞ。他者とよりそって眠るなんて生まれて初めてなので、最初はどうしていいか困惑したが、そのうちおまえのあどけない寝顔を眺め、優しい体温を抱きしめることに喜びを感じるようになったのだから」

「え……初めてって、これまで家族とは」

「ジャガーの血のなせるわざか、我々は人間よりも早く成人する。物心ついたころには、この帝国の帝王、ジャガー神となる者として、他から遠ざけられ、命が狙われないよう、アマカの監視のもと、厳重な護衛に囲まれながら大人になった」

「どうして……そこまで」

「私には、巨大な富と神秘、特別な力が与えられる。それを狙って、これまでも多くの刺客が放たれ、仲間内での殺しあいもあった。私の父も……」

「殺されたの？」

「一年前のことだ。母が暗殺者に協力する形で、父の死を導いた。母は私を産んだときから、父を憎んでいて。父も父で、彼の地位を危うくする者として、他の肉食動物のオス同様に、できるだけ私を遠ざけてはいたが」

伴侶、つがいだけが、命を奪うことができる、死を与えることができる。レオポルトの父親が殺されたのだとすれば、母親が手を下した以外にないということか。

「あ、でも待ってくれ。昨日、聞いた話だと、ジャガー神は親子関係から生まれるのではなく、どこかの国のシャーマンみたいに、天に選ばれた者しかなれないって」

「私は養子という形ではなく、先代のジャガー神から生まれた実の息子だ。たまにこういうケースもあるらしい。昔は、神秘的な血のなせるわざと思われていたが、科学の観点から考えれば、DNA的に当然といえば当然の結果となるだろう」

確かにそう言われればそうだが、それでもやはり神秘的だ。ジャガー神になれる者——ブラックジャガーにして、自由に人間にもジャガーにもなれる資格がある者は、各世代に一人しか生まれないらしいから。

「どうして、あなたのお母さんはお父さんに憎しみを……」

「母の愛は、伴侶だけでなく、子にもそそがれる」

「それって当たり前のことじゃないか。母親の愛が子にむけられることに……なにか問題があるのか？」

「我々の世界ではそうだ。おまえにもいずれわかるときがくるだろう」

「それで……お母さんは？」

「父の死のあと、母はつがいとしての資格を失ったと天に判断されたのか、命の種に身体を灼かれて亡くなった」

「資格を失ったのは……どうして」

「理由はふたつある。父が悪道に進んだわけではなく、憎しみから父を暗殺した。母は本来のつがいとしての役目から逸脱した行動をとったことになる。それがひとつだ」

「もうひとつは？」

「次のジャガー神が私……実の息子だったからだ」

そうか。そういうことか。命の種を身体に有した者は、次のジャガー神の伴侶になることも可能だ。実の親子だと近親相姦の悲劇が起きてしまう。

「父の死とともに母は亡くなり、命の種ごと消滅したあと、アマカがまた新たな命の種を作りだし、それをおまえに与えた」

「そんな悲劇が……」

「ゆえに、私は同性のつがいを求めていた。子など必要ない。私とおまえの間に、他者を介在させたくない。純粋なふたりの世界を築きたい。だからもっと私に打ち解けろ。もっと心も身体も私と溶けあわしていけ。我々はふたりで生きていくしかない種なのだから」

レオポルトが耳元で囁き、ケープの下の肌に手を滑らせてきた。

ふたりで生きていくしかない種。自分はこの男のためだけに存在する命。そしてこの男は自分にだけ心を許せる。そんな関係なのだと思ったとたん、また肌が熱くなってきた。息が荒くなりそうな気配を感じたとき、しかし使用人たちがちょうど朝食を持って現れた。

トマトのスープ、卵を使った料理、サボテンのサラダ、それから牛肉とキャベツを包んだタコスに、フルーツをふんだんに入れたジュース。もっと原始的な食事が出てくるかと思ったが、そこに用意されたのは、カジュアルなメキシコ料理だった。

よく考えれば当然のことか。国民全員がここに集うのは、一年に一度、繁殖の時期だけ。聞いた話だと、そのうちの半数はメキシコ各地に移り住み、ふつうの人間として生活しているらしい。昔の文明を保ったまま、ここだけで暮らしているわけではない。

「あの……なにもかも至れり尽くせりだけど、俺は、あなたを支えるような仕事……なにもしなくてもいいの？」

食事のあと、英智は使用人たちが食器を片付けるのを横目で見ながら問いかけた。

「婚姻のため、ここにいるのに？　おまえと私は人間社会でいうハネムーンのような時間を過ごせばいいだけだ」

レオポルトはテキーラを口にしながらゆったりとベッドに横たわった。

「いずれにしろ、ここで過ごすのは一週間だけだ。七日目の深夜、最後の儀式を行ったあと、翌日から私もおまえも人間社会で暮らす。一度、皆の様子を見にもどってはくるが、それ以降は、来年の繁殖のシーズンまで、我々とおまえは外で生きていくことになるだろう」

「そういえば、お父さんを狙った暗殺者のその後は？」

ベッドに座り、英智はレオポルトに問いかけた。

「父を狙った黒幕は、ドン・アレナス……」

「……っ」

「そう、おまえと私は……それぞれマフィアによって、父親を殺されている。目的も過去も同じ。同じ目線で生きていける。深い結びつきだと思わないか」

そのとおりだ。だからこそ、自分はレオポルトと生きていく決意をした。

「しばらくは私自身もマフィアに狙われるかもしれない。おまえにも危険が及ぶ可能性がないとは言い切れない」

「俺のことはいい。もともとマフィアと戦うために警察官になった。なにかあったらあなたを守る覚悟もある。だがひとつ……母と婚約者の安全だけは……」

「わかっている。危険が及ばないよう、組織をあげて護る。おまえの関係者に迷惑がかかるようなことはしない。母親の結婚式に出られるよう、マフィアに狙われないようにするつもりだ。約束どおり、私も演奏する」

「ありがとう」

「当然のことだ。おまえの家族は私の家族だ。私は、これまで一度も母親に愛しさを感じたことはない。だからこそ、おまえの母親への愛がとても尊く、とても神聖なものに思えてうらやましくなる」

レオポルトはそう言って、英智の身体をひきよせた。

「お母さんのこと……愛してなかったの？」

「愛を感じる以前に……そもそも触れあう機会がなかったからな。父にも母にも」

レオポルトはさらりと垂れた髪をかきあげ、外に視線をむけた。

「両親はずっと不仲だった。私ゆえに、他の子たちが犠牲になってしまったからだ」

「他の子たち？」

「私は、双子の弟として、生をなした」

レオポルトは簡単にその経緯を説明してくれた。

レオポルトは、ブラックジャガーに変容できるジャガー神の資格をもった子として誕生した。しかし兄は、ジャガーに変容できない人間の子として誕生したため、この帝国にいる資格はないとして、父親が殺害を命じたらしい。

そのことがレオポルトの父と母の間に、亀裂《きれつ》を生じさせてしまった。

「殺害って……どうして……実の子なのに」

「私の地位を危うくする存在だからだ。つがい以外に、同じ親から生まれた兄弟だけは、ジャガー神の命を奪うことが可能だから」

「つまり……将来、あなたを暗殺から守るために……」

「そういうことだ」

当然のようにうなずくレオポルトの返事が、英智の胸には痛かった。

このひとが実はとても哀しい背景を背負った淋しい男だと思ったからだ。この神秘的な帝国を存続させるための、帝王、生きた神となる資格を持つゆえに、父親とも母親とも触れあうことはなく、兄弟を犠牲にして、ひとりぼっちでずっと生きてきたのだと思うと。

「父が亡くなったあと、ずっとつがいの相手をさがしていた。だが、これといった相手が見つからなかった。あのヴァイオリンを演奏していたとき、おまえの魂に感じるものがあったので、神官のアマカに相談したのだ」

そしてアマカが詳細に調べるため、帝国の外に出て、英智の職場にむかおうとしたとき、罠《わな》にはまり、マフィアの手の者に捕まってしまったのだ。

だがそれを英智が助けることになって。

「最終的には、アマカを拉致《らち》してくれたドン・アレナスに感謝しないとな。おまえという人間の本質をよく知ることができたのだから」

のぞきこんできたレオポルトの双眸を見あげ、英智は言った。

「選んでもらってありがたいけど……そう言われると、改めて申し訳ない気持ちになってくる。俺はなにも持っていないから」

「なにも？」

「絶世の美人でもないし、かっこいいメキシカンってわけでもない。富も生まれの良さも頭脳もないし、なにか特別な才能があるわけでもない。ああ、でも射撃はメキシコの全国大会には出られるくらいには得意だけど」

「変なやつだ。どうしてそんなものが必要なんだ」

おもしろそうにレオポルトが笑う。

「そんなものはすべて私がもっているではないか」

「……っ」

「絶世の美人で、イカしたメキシカンで、帝王として生まれ、神になる資格を持ち、さらにはセレブ番付にも載るほどの財がある。頭脳だってそうだ。コンピューター部門ではハーバード大学以上、世界一と称されるスタンフォード大学の大学院を首席で卒業し、博士号も取得している」

「博士号って……じゃあ、以前はアメリカで」

「ああ、二十歳までは。飛び級で、早めに博士号をとり、その後はメキシコにもどって、父から任された事業の拡大に尽力した。それまでは、ただやみくもに運営しているだけだったが、私がCEOになってからは一つの企業グループとして統合させた」

「事業って？」

「メキシコオパールを扱う商社、広大な土地を利用したコーヒーやテキーラの製造栽培、それからアグアスカリエンテスでの闘牛牧場の運営。最近はカンクンにあるビーチリゾートでのホテル業も始めた。繁殖の時期以外に、帝国の人豹が安全に、かつ平穏に暮らしていけるよう、きっちりと働ける場所が必要だと思って」

改めてすごい男だと実感した。

「他にもパガニーニの再来といわれ、プロから誘いがあるほどのヴァイオリンの技術がある。要するに、私は富も生まれも容姿も頭脳も才能も持っている。それなのに、つがいの相手にそれを求めてどうするのだ。私は自分と同じものを愛するようなナルシストではないぞ」

絶句してしまった。確かにその通りかもしれないが、本人がそれを言うのか——と突っこむのはやめた。実際、彼はそれだけのものをもっているのだから。

「あとはダンスも得意だ。ルンバ、サルサ、タンゴ……ラテン系のダンスは何でもプロ並みだが、おまえはなにが好きだ？　よかったら、母親の結婚式で私と一緒に」

「と、とんでもない。ダンスって……俺、クラブで踊ったこともないから」

英智の返事にレオポルトは信じられないものでも見るような顔をした。

「おまえはラテン系の男のくせにダンスもできないのか。なら、教えてやる。聖なる婚姻のあと、リゾート地のカンクンに行く予定だ。カリブ海でクルーズを楽しみながら、月の光をスポットライトに、一緒にアルゼンチンタンゴを踊ろう」

甘く囁く言葉に、英智は苦笑した。

「やっぱり別の世界の人間のようだ。俺とはなにもかも違う」

「そんなことはない。おまえは美しいし、深い知性を感じる。それに優秀な警察官だった。だが、そんなことではなく、おまえにはもっと大切なものがあるではないか」

「大切なものって」

「愛……それから、美しい魂。自然を五官で吸収できる感性」

「……そんなもの…たいしたものでは」

「その謙虚さもすばらしい。だからおまえを選んだのだ。家族に愛を抱き、純粋に芸術に感動し、思いやりがあり、素直で、無垢で、そしてアマカを命がけで護ろうとする勇気と正義感に満ちた人間。そんな相手が帝王のつがいにふさわしい」

「どうして」

「神から与えられた力、莫大な富、人々をまどわす美貌、才能……すべてを備えたジャガー神が悪の方向に暴走してみろ、この世界が滅びるではないか。つがいには、それを止めるだけの魂の清らかさ、意志の強さが必要だ」

そういうことなのか。確かに、この男が権力を悪しき方向に使えば、世界は闇に包まれてしまうだろう。

「ジャガーの帝国は、世界ではここしかないの？」

「いや、昔は……砂漠に帝国があったらしい」

「砂漠？」

「遙《はる》か太古の昔に別れた一族が大西洋のむこうにいたという話を耳にしたことがある。ジャガーとしてではなく、豹として進化したらしく、ペルシアのあたりに彼らがいた形跡が残っている。その後、アフリカの大地、砂漠の奥地に帝国を築いたらしい」

「今は？」

「二十年ほど前に、疫病のため、滅亡したらしい。その後、生き残りを、アメリカの企業が追っていたようだが、砂漠で散ってしまったらしい」

「そう……」

「人間と違って、ごくわずかしか生き残っていない。いつ死滅するかわからない儚《はかな》い種だ。私はこの種を守っていく使命を背負っている。そばにいて支えてくれ。おまえの綺麗な心、綺麗な魂……それが養分となって、私の力になる。だから……ずっとそばに」

レオポルトは英智の肩をひきよせ、額にキスしてきた。

「……っ……」

そうされるだけで胸が高鳴って肌が落ち着かなくなる。

ジャガーと一緒のときとは違って。おだやかな愛しさを感じない代わりに、身体の奥が焦げるような熱いものが胸のなかに広がっていく。

もしかしてこれが恋なのだろうか。うっすらと目を開けると、英智のあごをすくって、まぶたやこめかみにくちづけするレオポルトのシルエットが壁に刻まれていた。

人間の姿をしていても、彼の影はジャガーに見える。そのせいか、シルエットだけ見ていると、ジャガーが毛繕いをするような姿に感じられる。

「さっき……家族からの愛がなかったと言ってたけど、俺と会うまで、淋しかった？」

「いや、どうしてそんなことを」

「両親の愛も肉親の情も与えられないで、神官や護衛に監視されてきたんだろう。ジャガーとしては平気かもしれないけど、人間として、肉親の愛を求めたことは？」

「別に欲しいと思ったこともない」

「だけど、それではあまりに」

「ジャガーのオスは、繁殖期以外、単独で行動する。群れをなしたりはしない」

それは、本物のジャガーの場合ではないのか。ジャガーのオスとしての本能を尋ねているのではない。レオポルトは半分人間だ。だから人間としての彼が愛に餓えていなかったのか知りたかったし、そう質問している。けれど、レオポルトにはそういった意識——つまり、自分が人間らしい感情があるかどうかわかっていないようだし、まったく意識していないようだ。

（人間のようで……人間じゃないのか、このひとは……俺よりもずっと動物に近いのか）

そんなふうに思いかけたが、さっきの言葉を思いだし、英智ははっとした。

『昨夜はあんなふうに眠れて幸せだったぞ。他者とよりそって眠るなんて生まれて初めてなので、最初はどうしていいか困惑したが、そのうちおまえのあどけない寝顔を眺め、優しい体温を抱きしめることに喜びを感じるようになったのだから』

違う、人間じゃないのではなく、彼はただ単に知らないだけだ。ジャガーのオスとしての本能は、誰に学ばなくとも、本能として彼のなかに存在する。

だが人間らしい感情というものは、誰かから与えられないと、それとして自分のなかで意識することはないものなのかもしれない。

そうだ、ただ知らないだけなのだ、この男は――――。

そう思って、レオポルトを見つめると、何だかどうしようもない愛しさを感じて涙が出てきそうになった。これだけ美しく、これだけ帝王然としてオーラがあり、生きた神として崇められ、神格化された存在なのに、誰からも人間らしい感情を教わってこなかったのだと思うと。

そして今、初めて英智に対して、そうした幾つもの感情を芽生えさせ、そのことに素直に喜んでいるのだとすれば。

まだ気づいていない感情、まだわかっていない感情……。このひとがこれからそれを知っていくたび、もっともっと愛しさが募っていきそうな予感がした。

英智はレオポルトの手をとり、さっき彼がしてきたようにそこにそっとキスした。

「どうした？」

問いかけるレオポルトに、英智はただ微笑だけをかえした。

(この気持ちは……教えない。これは俺だけの楽しみだ。あなたが人間らしい感情を知らない赤ん坊のような男で、これからいろんな感情を学んでいく姿が見たいなんて……それがとっても楽しみだなんて絶対に……)

教えると、その新鮮な驚きと喜びを口にしてくれない気がするから。

ペット扱いされたことが楽しかったとか、人の体温が心地いいと初めて知ったとか、それを味わったことが幸せだったとか。

そんなことをいちいちうれしそうに口にする姿が見られなくなるのがイヤだから。

「では、おまえはどうだったんだ、淋しかったのか」

笑顔をむけているだけの英智に、レオポルトが心配そうに尋ねてきた。

「あ、ああ。淋しかったよ。父や祖母が亡くなって、母もいなくて。だから昨夜までずっと淋しかった。あなたと一緒に眠れて本当に幸せだったよ」

「なら……私のことを好きになれそうか?」

尊大なくせに、顔をのぞきこんでくる眸がこちらの気持ちを必死にさぐろうとしているように感じられ、いっそうの愛しさが募ってきた。

「ああ」

「愛してくれるのか」

「レオポルト……」

「世界中の誰よりも私を愛せそうか？」

「そんなに何度も訊かなくても……大丈夫だから。一緒に生きるって言っただろ」

「なら、私のためだけに生きると誓えるか？」

執拗《しつよう》なほど問いかける口調はあいかわらず居丈高だが、どこか心細そうに、不安そうに感じるのは、その眸が間近で見ると、とても綺麗なせいだろう。一見すると、妖しく魅惑的なのに。悠然として、帝王らしい輝きに満ちているのに。それなのに、ふたりきりで、息がかかりそうなほどの距離からのぞくと、彼の眸の奥に、実は捨てられた仔犬のような心細そうな感情が見えてくる。この男は……本当は愛に餓えている。そんなふうに感じた。

帝王、生きた神……。完璧な容姿に才能、頭脳を持ちあわせながら、ただひとつ、愛だけを手にしたことがない男だ。これまで誰かを愛したことも、愛されたこともない。

だから心細いのだ。どれだけ愛を誓っても、得たことがないからわからない。わからないからこそ、果てしなくそれを渇望している。そんな気がして、心が痛くなった。だからこそ彼を強く抱きしめ、愛をこめてくちづけしたい衝動が胸の奥から湧いてきた。

「誓う、何度でも言う。一緒に生きて、一緒に死ぬよ。あなたのことが大好きだよ」

英智はレオポルトのほおに手を添えると、誓いを立てるようにそのほおや唇にキスをくりかえしていった。

「ん……んっ……っ」

初めて見たときから、多分、惹かれていた。そのヴァイオリンの音色が頭から離れず、その美しい風貌も、話してみたときの優しい雰囲気も。

ジャガーの神殿で、生きた神として圧倒的なオーラを放っていた姿にも惹かれた。

一方で、優美なブラックジャガーとしての姿にも親しみを感じた。

けれど今、そうしたどんな姿の彼よりも、ただただ必死に愛を求めている孤独な帝王としてのレオポルトに、英智はどうしようもないほどの愛しさを感じている。

英智はレオポルトの背に腕をまわして、何度も何度も彼の唇を吸った。

「私も誓う、おまえを愛していくと」

唇が離れると、レオポルトは英智の首からかかったペンダントの鎖を指に絡めながら、再び唇を重ねてきた。

音もなく風もなく、ただ太陽の光と、濃密な緑の香りしかしない、どこまでも静謐《せいひつ》で清浄なジャガー神の宮殿。昨日、ジャガーたちの前でしたときと違い、レオポルトはこれ以上は優しくできないというほどのやわらかさで英智を抱き寄せた。

「ん…っ」

ベッドにゆっくりと押し倒され、身体中、甘やかに解きほぐされ、あちこちくちづけされ、大きな手のひらがヴァイオリンの弦に触れるように、英智の皮膚をさぐっていく。

ひざで足を広げられながら、その間に入りこんできたレオポルトの肩に、英智は腕をまわした。

「ふ……っ」

首筋から胸へと彼の唇が肌にキスをくりかえす。弾力のある舌先で乳首をぐにゅりとつぶされ、歯で甘噛みされると、かすかな痛みと同時に、得体の知れない淫靡な熱がざあっと下腹へと広がっていく。

「あ……ふ……っ」

ぐにゅぐにゅと乳首をつつかれるだけで、息があがり、肌が火照ってくる。

そんなところを嬲られて、どうしてなのかわからないが、身体の芯のほうから甘く濃密な疼きが湧き起こってくるのを止められない。さらさらと滑らかな、彼の髪の毛が皮膚を撫でていくその感触ですら愛撫のように感じて心地よくなっていく。

いつしか英智の股間のものが形を変え、先走りの汁で彼の腹部を濡らしていた。

「……っ……ここが好きなのか？」

下から圧迫してくる性器の変化に気づき、レオポルトは囁くような声で問いかけると、なおも乳輪ごと乳首を口内に含み、きつく吸いあげてくる。

きゅっと搾乳しそうなほど強く吸われ、英智は身体をぴくりとのけぞらせた。

「ああ……っ……や……そこ……変に……おかしくなる……っ」

じくじくとした痺れが乳首から下肢へと連動していく。かすれた声をあげ、ふるふると首を左右に振りながら、レオポルトの肩に爪を立てた。それだけで達してしまいそうな衝動に耐えようと、必死になって。

「も……だめ……出る……出るから……やめて」

「なら、出せ。ここだけで達してみろ」

くぐもった声で言いながら、なおも執拗に乳首を嬲ってきた。必死にこらえようとすればするほど、指先に彼のやわらかな髪が絡みついてくる。

唇で乳輪を吸われ、舌先で乳首をつつかれるごとに、すがるものを求めるかのように英智は彼の髪をにぎりしめていた。

「ああっ……あっ……っ」

だめだ、もう耐えられない。一気に性器から白濁を迸らせる。ぴゅっと勢いよくあふれた精液がレオポルトの口元まで濡らしてしまう。

ふっと苦笑し、レオポルトは英智の胸から顔を離した。

「濃いな、いい味をしている」

ぺろりと舌先で口の端を汚したそれを舐めとると、レオポルトは蜜でとろとろになった英智の精液を手のひらですくいとって、猫が毛繕いをするような仕草で舐めていった。

「ちょ……そんなもの……」

「おまえの体液だ。甘くて愛しい味をしている」

恥ずかしげもなくそんなことを呟くと、英智の腰を抱きあげ、レオポルトは抱きあうような形で自分のひざに座らせた。

「あ……っ」

手のひらで大きく尻を広げられ、割れ目にそってレオポルトの手が後ろに挿りこんできた。

「や……っ……はあっ」

指先で蕾をさぐり、そこを歪《いびつ》に引き延ばされる。思わず英智は息を吸った。レオポルトが肉の環をゆっくりと撫でていく妖しい体感に、腰のあたりがぞくぞくする。

「狭いな……だが安心しろ、今日はたっぷりほぐしてやるから」

片方の手に近くにあった瓶から甘い花の蜜を集めたようなとろとろの雫をすくいとって、英智の入り口を慣らし始める。

「……んっ、んっ」

ずるずるとほぐしながら、指先で抜き差しをくり返される。入り口を指がこすれるたび、濡れた音が響く。内部の粘膜がぎゅっと締まり、腿の肉が痙攣したように震えながら、呑みこんだ指をきりきりと締めつけてしまう。

「あぁ、あぁっ……ん……あああ……ふ……ん……ああっ」

魚の口のように後孔がひらいている。そこを慣らしているレオポルトの指が心地いい。

「気持ちいいのか」

「わからな……っ……ああ」

確かに。すでに快楽の虜《とりこ》にされたかのようにレオポルトの指を銜えこんだだけで身体は熱を帯び、肌が汗ばみ、上気してくる。

「気持ちいいのならそれでいい。性器も乳首も淫らに膨らんでいる」

「あぁっ、あ……あぁっ」

窓から火焔樹に染まった木漏れ陽が落ちてくる。

赤みがかった太陽の光のまばゆさ。ひらひらと入りこんでくるメキシコの蝶々。

メタリックなコバルトブルーの恐ろしいほど美しい蝶がふわふわと群れながら、ふたりの上で舞っている。光が羽に反射し、青と赤、そして入りまじった紫色の光がシャボン玉のようにゆらゆらと神殿のなかにやわらかな光の渦を描いていく。

「綺麗だ、あのメタリックな色は、中南米にしか存在しない生き物の色だ。おまえの身体にはあの色がいいだろう」

「俺の身体……？」

「そう、最後の夜に話す」

最後の夜とは……とは、と問いかけたがったが、いきなり指がひきぬかれ、英智は思わず息を止めた。そして、ぱっくりとひらききったそこに肉塊が挿りこんでくる。

「あ……っ……あっ」

ずぷっと濡れた音を立てて内部を穿《うが》たれる。英智は息もできない圧迫感に大きく粘膜のなかをかき混ぜるように抉られるうちに、脳が痺れて思考力がなくなっていた。

「あぁっ、あっ……はあ、あぁっ、あっ！」

ゆっくり引いたかと思うと、勢いよく突きあげられ、たまらずレオポルトにしがみついたまま、英智は身体をのけぞらせる。腿ががくがくと痙攣し、息があがってくる。

「あぁっ、あぁっ！」

かき混ぜるように腰を動かされ、全身が熱く痺れていた。

他人の肉塊に串刺しにされ、押しあげられ、今にも内臓が壊れそうなほどの圧迫感だったが、心地よさがそれに勝っていく。

ふたりの肌から飛び散る汗にすら、メタリックブルーの美しい光が反射している。

「あっ、あぁ……すごい……こんな……」

腹が熱い。内臓が灼かれる。

快楽と衝撃のはざまで意識が朦朧とし、視界がぼやけてくる。そのなかで蝶の煌めきとファイヤーオパールの煌めきがぼんやりと揺れていた。

5　淫らな生贄

ジャガーの神と婚姻し、彼の帝国で蜜月のような時間を過ごす。

こんな運命になるなんて、ついこの前まで思いもしなかった。

警察官として、地位をあげ、マフィアを倒すことだけを目的に、きな臭く、リアルな世界で生きていた自分が、信じられないほどミステリアスな場所で、愛を感じながら過ごすようになるとは。けれどひとりの人間が、ただただ目的にむかって、何の障害もないまっすぐな道を歩めるわけではない。

風や嵐に巻きこまれ、壁にぶつかり、暗闇に直面し、それでも手探りで生き、光を求めるようにしていくのが人生というものなのだろうと、何となく感じるようになってきた。

「……明日で七日目だ。そのあとは外の世界に向かう」

帝国にきて六日目の午後、濃密な情交のあと、レオポルトが言った。

ふだんの彼は、メキシコの男性がよく着ているような、白いシャツに、腰の高めのズボン、それから肩からストライプ模様のケープをよくかけていた。

一方、英智には、オアハカの民族衣装のような、さらっとしたリネンの白い上下を用意してくれた。動きやすく、涼しく、心地よい肌触りの服だった。

レオポルトの話では、明日の夜、この国の最奥にある神聖な場所で、最後の婚姻の儀式を終え、それから人間社会での暮らしを始めるらしい。

「明後日、まず最初にカンクンにあるリゾートホテルにふたりの住居に移る。私が経営しているホテルだ。おまえも株主になっている。その後、しばらくそこにいて、死者の日の祭のあと、おまえの母親の結婚式が終わった次の満月の夜、神殿にもどる。それからはほぼ一年間、人間社会で生きていくことになるだろう」

「俺も仕事をしていいんだな」

「働きたくないなら、どっちでもいいんだぞ」

「いや、働きたい。あまり楽な暮らしに慣れていないから」

食べるものにも困らず、すべてを与えられ、ただただ怠惰《たいだ》に過ごす時間。

ここにいる間、英智がすることといえば、日中は、人間の姿をしたレオポルトと何度も身体をつなぎ、語りあい、たがいの絆《きずな》を深めていくくらいだ。

その間にも、英智の肉体は、すっかり性交に馴染み、じっとしていてもレオポルトのことを考えているだけで、身体の奥のほうが甘く疼いてきて困ってしまう。

彼の荒々しいくちづけが好きだ。優しい愛撫にいつも蕩けそうになってしまう。

そのなめし革のようなしなやかな肉体に触れているだけで心地よい。

それから、彼と媾うたびに感じる、脳が痺れるほどの快楽。

夜は、ジャガーになったレオポルトと密林を散歩することもある。

虫の声、小さな獣たちの息遣いが聞こえてくる密林の夜。ブラックジャガーのそばにいると、どんなに暗くてもまわりが見える。だが少し離れると、英智の五官は鈍る。

ずっと一緒にいるのですぐには気づかなかったが、ふと森のなかで彼から離れると、視界の明瞭《めいりよう》さが消え、嗅覚や聴覚の鋭敏な感覚がすぅっと身体から抜けてしまうのだ。

とりたてて不便に感じるほどのものではない。

だが、いったん得てしまった『研ぎ澄まされたような五官』の繊細さが消えてしまうと、己を取り巻く世界が急速に味気なく感じられ、ひどくつまらないものに思えるのだ。

レオポルトがそばにいると、なにもかもがこれまで経験したことがないほどみずみずしく新鮮に感じられるというのに。

（いや、考えれば、当然のことか。俺はいったん死んでいる。彼に寄生して生きていくしかない生き物になってしまったのだから）

見あげると、大きく翼を広げたコンドルが雄大に空を飛んでいく。

その影がテラスを移動していく様子を英智はじっと見つめながら、もしレオポルトという存在がいなければ、自分はここにいなくて、このコンドルの影に気づくこともなかったのだと改めて不思議な実感を得ていた。

紀元前から続いているジャガーの帝国。目の前にあるすべての存在は、悠久の時間を経て、今、ここにあるのだということを感じる。

もうあと少し。明後日には、この場所から離れる、聖なる婚姻と称したふたりの蜜月が終わるのだと思うと、ほんの少しの淋しさが胸に広がっていく。

そんなことを考えていると、めずらしく宮殿の前に、大きな馬車が到着し、そこから大きな衣装ケースのようなものが寝室に運ばれてきた。

「これは……」

衣装のケースのなかには、英智がアパートに置いたままにしていた荷物がぎっしりと詰まっていた。それだけではない。昔、祖母と暮らしていた家の骨董品までもが。

「取りに行ってくれたの？」

「警察官とマフィアが踏みこむ前に、必要そうなものだけは隔離しておいた。それから、おまえが祖母と店番をしていた骨董屋からも、近所の人間に相談して」

貴重品と、両親の写真、パソコン、父の遺品の書籍。それから祖母が大切にしていた古書や陶器、金細工でふちどられた鏡や銀のアクセサリーといった思い出の品の数々。

「ありがとう……信じられない……ドン・アレナスの部下たちにぐしゃぐしゃにされているものだとあきらめていたのに」

「ああ、残ったものは、マフィアどもがぐしゃぐしゃにしてしまった。すまないが、衣類や文具や冷蔵庫の中身はあきらめてくれ」

「とんでもない、こんなにたくさん運んでくれて……どれほどうれしいか」

　胸が詰まって、うまく感謝の気持ちが伝えられない。あまりにもうれしくて。彼が細やかにこちらの気持ちを考えてくれていることが。

「写真や骨董品等、日常的に使用しないものは、そっちの衣装ケースに入れておけば、この宮殿で保管する。日常で使用したいものはそっちに。カンクンに運んでおくから」

「ありがとう……こんなにしてもらって本当に何と言っていいか」

「おまえには新しい外の世界での名前とＩＤカード、パスポートも用意する。事件があった以上、英智という日系人として生きていくのはもう無理だ」

「……それは……覚悟しているよ。指名手配になっているだろうし」

「ああ、ワシントン条約で禁止されている動物を輸出させようとして、制止した警察官と銃撃戦を行い、逃亡したとして、おまえに指名手配がかかっていた」

　ドン・アレナスのことだ。そのくらいのことはしているだろうと覚悟していたが、さすがに現実に耳にすると、がっくりと力が抜けたような気持ちになる。あれだけ真面目に、いつも熱心に、愚痴ひとつこぼさず勤務していたのに、最後にそんな扱いを受けるなんて。

　マフィアとつながっている警察。改めて、その悪しき存在に対し、憤りが湧いてくる。

「これ以上、彼らに追われないよう、銃弾をうけて亡くなった人間の遺体から、おまえに似た外見のものを入手し、細工をした。おまえの死体として警察に届けたので、組織内では、逃亡中におまえが死んだという形で処理した」

では母にもそんなふうに伝えられているのだろうか。

不安になった英智に、レオポルトは安心させるように言葉を続けた。

「コスタリカにいる部下に、おまえの母親への連絡を頼んでおいた。事情があって、そういうことになっているが、おまえは無事だと伝えてある」

「連絡してくれたの？」

「当然だ、母親の結婚式を楽しみにしていたではないか」

「そこまでしてくれるなんて」

「言っただろう、おまえの母親は私の母親だと」

何というありがたいことか。

（ここがある、俺の生きる場所……）

警察への憤り、虚しさを感じるよりも、こうして自分を大切にしてくれるところで生きていけることに感謝しよう。そう思った。

「さあ、食事の時間だ。食え」

食事の時間になると、給仕をまかされている使用人たちが現れ、テーブルの上にメキシコ料理を並べていく。

トウモロコシ入りのスープ。アボカドとトマトをスライスしたサラダ。

三角形の揚げたトルティーヤの上にチーズとサルサソースをのせたナチョス。

大きなトルティーヤにビーンズをたっぷりと載せ、ライスと鶏肉《とりにく》とチーズとを入れ巻き、香ばしく焦げるまで焼いたブリット。

それからテキーラ。ライムやフルーツ。

テキーラにライムとオレンジジュースを入れ、レオポルトは英智に手渡した。

「テキーラサンライズ、おまえに合っている」

「ありがとう」

英智はカクテルグラスを受けとり、ライムを囓《かじ》った。きゅっと酸味のあるライムの香りが口内に広がっていく。

横に座り、長い髪を後ろでひとつに縛ると、レオポルトは、ホワイトキュラソーとレモンを入れ、自分用にマルガリータを作って口元に近づけていった。

色っぽい男だと思った。彼の艶やかな褐色の指が手にしたカクテルグラスを、ちょうど舞いこんできたモルフォ蝶のメタリックブルーの煌めきが反射している。

きらきらとしたその翅《はね》の煌めきは幻の光のように美しい。

「少し昼寝をしておこう。今夜と明日の夜は大事な儀式がある」

食事を終えると、レオポルトは英智の背に腕を伸ばした。

窓から射してくるあたたかな午後の陽差し。

「どんな儀式？」

「明日は、厳かなものだ。今夜のものは……少し困った儀式だが、この二つをこなさないと、おまえと私の婚姻は承認されず、なにもかもが中途半端なまま、次の繁殖のシーズン、一年後を待たなければならない」

「中途半端だと、困ったことに？」

「ああ、かなり」

「なら、もちろん協力する。俺にできることは何でも」

「ありがとう、助かる」

そう言ってキスされると、ふわりと彼から甘い薔薇の香りがする。

英智はその肩にもたれかかり、香りを味わうように大きく息を吸った。不思議だ、その甘い芳香とテキーラとが入り交じった香りに脳が痺れたようになっていく。

「どうした……色っぽい目つきをして」

「テキーラのせいか、いつもよりあなたの匂いに酔ってしまいそうだ。以前になにかの文献で見た。野生のジャガーからはムスクのような甘い香りがするって。あなたからもいつも甘い香りがする」

「甘い香りがするのは、ジャガーではない。豹だ。似て非なる生き物。我々よりも少し繊細で、それでもかなり近い遺伝子を持った人豹たちだ」

「ああ、前にペルシアかアフリカで滅亡したと言っていた豹の？」

「そうだ。彼らが発情するとき、薔薇の香りがするという話を聞いたことがある。遠いところで遺伝子がつながっているのだとすれば、私からも発情のとき、薔薇の香りがしても不思議はないかもしれない」

「もういないの？　いたら会いたかったのに」

「つい最近まで一族がいた痕跡が残っているが、もう滅びてしまったと記録されている。だがわかる。……多分、生き残っている。風や空気がそれを教えてくれる。身体の奥のほうで、目ではない力によって、遺伝子の先にいる黒い生き物の幻影を見せてくれる」

滅亡したと思っていたのに、他にもレオポルトのような人間が存在するとは。

「じゃあ、アフリカには、人間になる黒豹が存在するの？」

「ああ」

「どんな人？　ひとりぼっち？」

問いかけると、レオポルトは枕に肘《ひじ》をつき、遠くのほうに視線をむけ、しみじみとした口調で言った。

「ああ、彼はずっと孤独だった。だが今は違う。血の濃い異母弟と……そのむこうに小さな命が見える。まだ先だが、確実にそこに生まれる命の存在が見える」

「男同士でも子供ができるの？」

「オスとメスとが結合してできる命とは違う。それこそコウノトリが運んでくる……というわけではないが」

「じゃあ、アフリカの黒豹……滅亡しなくてすむんだ」

「どうだろう、三人で暮らしてもその先に繁栄があるかは謎だ。違う種しかいない場所で、たった三人で生きていくのは大変だろう」

「ここに呼ぶことは？　ここなら彼らだって暮らしていける。違う種であったとしても、俺たちの手で守ることができる」

英智が問いかけると、レオポルトは淡くほほえんだ。

「それはいい提案だ。彼らが行き場に困ったときはそうしよう。むこうに私からの念が伝わればいいが」

「伝わらないときは、一緒にさがしに行くっていうのは？」

「わかった。その前に、今夜と明日の儀式をたのんだぞ。成功しなければ、別の種の心配をしているどころではなくなるからな」

「ああ、俺にできることなら何でもする」

ジャガーの神、帝王レオポルト。一見、尊大で冷たそうに見えるが、こうしていると彼は実はとても優しくて思いやりの深い人物だというのがわかる。

うとうとと睡魔を感じて肩にもたれかかっていると、身体をひきよせられ、ふわりと肩に彼のケープをかけられた。

心地よい眠り。今夜と明日で蜜月が終わる。

そのことに少し淋しさを感じながら、英智は優しい午睡に身をまかせた。


「——行くぞ、英智」

真夜中、ブラックジャガーの姿をしたレオポルトに起こされる。しんとした夜の宮殿は、人払いしたのだろうか、使用人たちは誰もいない。

「どこに」

「宮殿の外……帝国の外に出る」

「え……」

「これから先のことは、私とアマカ、それからペドロ以外には知られていないことだ。あとでペドロが護衛として合流する。今夜のことは、決して他言しないように」

険しい顔つきのジャガーに、英智は「ああ」とうなずいた。

「背中に乗れ。むかうところがある」

「いいの？」

「おまえの足だと、今夜中に行き帰りができない」

「そうか……俺はジャガーにならないから」

「なりたいのか?」

「それもいいなと思って」

「さっきの黒豹の件といい、おまえはなかなか面白い男だな。前向きで、清らかで、潔い。やはりおまえしかいない。おまえなら、今夜の悪夢にも耐えてくれると信じている」

一体、どこにむかうというのだろう。ふたりが「つがい」になるための、大切な儀式のひとつ。それを「悪夢」というなんて。

「では、しっかり摑《つか》まっていろ」

うながされるまま、レオポルトの背中にまたがり、彼の首にしがみつく。それを確認すると、レオポルトは密林を疾走し始めた。

ものすごい勢いで空気が移動する。太い木々から木々、森から森、それから川を越えて、滝の下を通り抜け、夜の森を駆け抜けていく。

帝国に行くときと同じように、レオポルトが進んでいくと、自然と木々が幹や葉を移動させ、疾走しやすいように平らかな道が続いていく。

絡みつくような湿度。けれど夜の森はひんやりとしている。果たしてどこに行くのか。あの水路以外の場所からも帝国の外に出ることができるのか?

どのくらい密林を走っていったか、しばらくすると、人家の明かりが見えてきた。

よく見れば、そこはグアナファトからもそう遠くない、高級な別荘街だった。

巨大な敷地の邸宅が高台に軒を連ね、近くには大きな湖や牧場、それからアステカ時代の遺跡が残っている。建物はすべてメキシコらしい強烈な色で彩られ、何軒かに少しだけ、明かりがついている建物があった。

そのうちの一軒、真っ青な外壁で彩られた住宅の前までくると、ふわりとジャガーは近くにあった木にのぼり、そのまま壁を越えて、敷地のなかに入っていった。

（ここになにか？）

防犯用の高圧線の鉄条網で囲まれた壁。そのなかには、スペイン統治時代の城か宮殿かと思わせるような、豪奢《ごうしゃ》な建物が建っていた。

高圧線、番犬、それから監視カメラ……と、厳重なセキュリティがなされている。レオポルトは巧みにそれを避け、二階の端にあるバルコニーに降り立った。

「降りろ」

「あ、ああ」

英智が背中から降りると、レオポルトは人間の姿に変わっていた。

「ここは」

「ドン・アレナスの別荘のひとつだ」

低く押し殺した声でレオポルトが囁く。

「……っ！」

どうして、いきなりそんなところに。ドン・アレナスの暗殺にきたのか？　いや、しかしそれが自分たちの婚姻と何の関わりがあるのか。

「大丈夫だ。今、アレナスは別の街にいる。ここは、彼が愛人のひとりに分け与えた家だ」

「え……じゃあ情婦の屋敷なのか……」

「情婦ではない。男だ、見ろ」

冷めた声で言うレオポルトに釣られ、窓のカーテンのすきまから部屋に視線をむけた。

次の瞬間、英智は驚きのあまり、思わず声をあげそうになった。もちろんそんなことはしなかったが。

「――――っ！」

赤い蠟燭《ろうそく》の明かりがついただけの寝室の中央に、薄い幕のようなカーテンがかかった天蓋付きのベッドが鎮座している。その中央で蠢く人影。見れば、金髪のほっそりとした男が三人の男に組み敷かれ、甘い声をあげていたのだ。

「ああ……っ……ああっ、ああっ、あああぁ」

一体、どんなふうになっているのかわからないが、あおむけになった巨大な男の肉塊を後孔に埋めこんだまましゃがんだ姿勢で、金髪の男が声をあげている。

その後ろから別の男がもう一本ペニスを串刺しにしていく。細い腰をつかまれ、大きく喘いでいるその口に、別の男がそそり勃ったものを銜えこまそうとしていた。

それよりもどうしてレオポルトがこんなところに自分を連れてきたのか。これがレオポルトと英智——ふたりの婚姻にどう関係があるのか。

「あれは、この世で最も凶悪な色情狂……人間の姿をしながら、獣のように男から犯されていないと生きていけない哀れな……陰獣」

英智の肩に手をかけ、レオポルトが耳元で囁く。

「あれは……誰なんだ」

美しい男だ。見ているだけでドクドクと鼓動が高鳴る。さらりとした金髪、西欧系の。しかしどこかで見たことがあるような気がすると思ったとき、レオポルトが重いため息とともに小声で呟いた。

「私の兄だ」

「え……っでも……兄は確か父親の命令で殺されたと」

「母は殺すことができず、ひそかに彼を里子に出した。私も彼も、長い間、兄弟がいるとは知らないまま育ったのだが、大学で同級生として出会って」

確かに、黒髪、黒い眸をしているレオポルトとは、まったく似ても似つかない。彼は金髪で蒼い眸をしている。それに骨格もかなり違う。女性のように小柄で、肌の色も白く、男たちからあんなことをされていても違和感がないほどの華奢《きやしや》な風情をしている。

「彼の名は……セヴァス。聖セバスティアヌスからつけられたらしい。皮肉にも、殉教の矢ではなく、男たちからの欲望の矢を突き刺されないと生きていけないような男になってしまった。獣の血ゆえに、肉欲がないと身体が枯渇してしまうらしい」

そんな事情を知っているというのは、兄弟として濃密な交流があるということか。

「私には……兄の影はただの人間にしか見えない。ジャガーの影はなにひとつ感じられない。おまえにはどう見える？」

言われてみて、室内を見ると、彼から伸びた影からジャガーの片鱗《へんりん》は感じられなかった。

「俺にも…ジャガーには見えない。人間だ。彼はジャガーにならないの？」

「彼は……生まれたときから一度もジャガーに変身したことはない。父に呪いをかけられたのであの水門の外でしか生きられない。私と双子として誕生しながら……私とはまったく異質な生き物として成長してしまった」

ジャガーと人間の子として生まれ、神とまったく同じ場所から、同じときに生まれた同じDNAを持つ者でありながら、帝国の外でしか生きていけない存在。

獣の血をもっているゆえに。それなのに獣になれない。その代わり、肉欲を貪るだけの生き物として生きていく。

「いつもああやって、男を貪っている。アレナスとの関係も我々への復讐《ふくしゆう》のつもりだろう、わざわざ父親が敵とした男の愛人になり、母と連絡をとって、父の暗殺に荷担した」

「じゃあ、あなたのことも憎んで……」

「多分。あいつは、肉親だから、私を殺すことができる」

「まさか弟を殺そうとすることも？」

「当然だ、父親の暗殺に手を貸すような男だぞ」

「あ……」

「そして大事なのはここからだ。おまえが正式な『つがい』になったあとは、彼は私に手を出すことができなくなる。おまえ以外、私の命を奪えなくなるから」

今夜と明日の儀式を成功させなければ、一年間、中途半端で危険なことになると言ったレオポルトの言葉の重みを改めて痛感した。

「つまり今日と明日の儀式を無事に済ませないと、俺は正式な『つがい』になれない。そうなれば、これからも引き続き、彼があなたを殺す可能性が残るということか」

「そうだ。だから今日を最後に、彼には近づかないつもりだ。だが、ジャガーの血が彼のなかにある以上、帝王の婚姻を、彼にも承認させなければならない。我々の掟《おきて》として、あいつの前でも同じことを」

そういえば、あのとき、レオポルトは二人の関係を全員に承認させなければならないと説明していた。兄はあの場に参加していない。水門からなかなかに入れないのだから。

「水門から中には入れないのに、それでも承認が必要なのか」

「ああ、父に呪いをかけられてはいるが、同じ血を引く最も血の濃い仲間だ」

英智は手をにぎりしめた。では、今からここで、レオポルトの兄が見ている前で性行為を行わなければならないのか。

「いやなのか?」

問いかけられ、英智は微笑した。

「何でもすると言っただろう、俺にできることなら」

それがどうしても必要なら、どんなことでもやってのける覚悟はできている。

ジャガーたちの前での、公開セックスだって受け入れたのだから、一人の男の前でこの男に抱かれるくらいなんてことはない。

英智は自分にそう言い聞かせた。本当はかなり勇気のいる行為ではあったが、心のなかで自分に納得させようとしていた。

(それに……そうなれば、俺以外がレオポルトの命を奪う心配もなくなるのだ)

この男が好きだから。愛しているから。一緒に生きていくと決意してるから。

そんな話をしている間に、いつしか室内での乱交は終了し、男三人が出て行ったあと、セヴァスはシャワールームに入っていった。

「なかに入るぞ」

「いいの、勝手に入って」

「今夜、くることは伝えてある。いや、彼からの指定だ。時間帯もなにもかも。なのに、男を何人もひきずりこんでいるとは。あいつは歪《ゆが》んでいるから、わざと私とおまえに自分の性行為を見せて楽しんでいるんだ」

レオポルトが忌々しそうに吐き捨てると、シャワールームからセヴァスが出てきた。

「さすがかわいい弟、兄の性格をよくわかっているじゃないか」

白いバスローブを身につけ、濡れた髪にタオルをかぶり、煙草《タバコ》を口に銜えながら浴室から出てくる。

間近で見ると、ふたりの目鼻立ちは似ているが、漂ってくる空気はまるで違う。穢《けが》れをその身に受けるための存在……というだけあり、見た目だけは天使のように美しいのに、そこから流れてくる空気は、脂粉をまき散らす毒蛾《どくが》のような印象だ。

「さっきの三人は?」

レオポルトが問いかけると、セヴァスは煙草の煙を吸いこみ、火がついたままの煙草をぽいと灰皿に捨てた。

「アレナスの部下だ。安心しろ、もうもどってはこない。胸くそ悪い儀式の前に、ちょっと遊んでおきたかっただけだ」

煙を吐きだしながら答え、タオルでぐしゃぐしゃと髪をぬぐうと、テキーラの瓶をとって、グラスにそそぎこむ。

「私だって、好きできているんじゃない。掟だからきているだけだ」

「ひどい掟だ。生まれてすぐに里子に出され、水門のむこうに入れない運命なのに、ジャガーの血をひいているからって、弟のエロを見学しないといけないなんて。どうせ拒否すれば、父親殺しを手引きしたとして、処刑するつもりだろう?」

「ああ」

「ふだんは、見捨ててばかりいるのに、こういうときだけ訪ねてきて、自分たちの性行為を見せつけるなんて都合が良すぎないか?」

「だが、承認すれば、私との関わりが消える。ジャガーの一族の呪縛《じゅばく》を断ち切ことができる。そうなれば、おまえに厄災がかかることももうないだろう」

レオポルトの言葉に、セヴァスが冷ややかに嗤《わら》う。

「別に悪くないよ、厄災を背負うってのも、慣れたら何てことはないから」

「……」

「それに……あんたを殺す資格というのも悪くなかった。いっそ、その男とやってる最中に殺してやろうか。大嫌いなあんたをこの手で殺せる最後のチャンスなんだからね」

腕を組み、再び銜えた煙草を吹かしながら壁にもたれかかって、斜めにこちらを見つめる眸からは、その言葉とはうらはらに何の憎しみも感じない。ただ荒涼とした砂漠のような、それでいて冷ややかなものしか。

「私を殺してどうする」

「帝王になる」

「できないことくらい知っているくせに」

「できるさ」

「できない、我々の掟は厳しい。おまえは神を殺した男として処刑され、ペドロが次の帝王になるだけだ」

「そして……あんたの代わりに、今度は命の実を有しているその日系人とペドロが婚姻するってわけか」

挑発するような言いぐさに、レオポルトが眉をひそめる。それを見て、セヴァスはおかしそうに声をあげて嗤った。

「ハハハ、本気でその日系人に惚れているんだ。それは滑稽《こっけい》だ。ますますあんたを殺したくなってきた。あんたが惚れた男が、あんたの死後、別の男の花嫁になる。想像しただけで、また勃起しそうだよ」

グラスに注いだテキーラを飲み、セヴァスは言葉を続けた。

「どうせ厄災だらけの汚れた人生だ、最後にそんなおもしろいことをしてから処刑されるのも悪くない。それほど楽しいことはないじゃないか」

セヴァスの嗤い声が室内に響き渡る。英智はどうしようもない腹立たしさを感じていた。この男の歪みすぎた思考に。そしてそうなるしかなかった彼ら兄弟の確執に。

「言っておくが、俺は、他の男と婚姻する気はないから」

英智はきっぱりと言った。

「レオポルトが死んでも、俺は誰とも寝ない。一緒に生き、一緒に死ぬと誓った。それ以外の人生なんて考えていない」

「英智、真剣に答えなくていい。この性格の悪い男が喜ぶだけだぞ」

レオポルトが耳元で囁いたそのときだった。ドアをノックする音が聞こえた。

「レオポルトさま、警備のことで少し話が」

現れたのは、彼らの従兄のペドロだった。あとでやってくると言っていたが、いつの間にきていたのだろう。

「五分ほど待っていろ。英智、そいつになにを言われても耳を貸すなよ」

レオポルトはそう言うと、部屋をあとにした。寝室にふたりきりになり、セヴァスは英智から視線をずらし、ぼそりと呟いた。

「ジャガーの帝国って……どんな場所？」

そうか。彼は水門からむこうには入れないから。

「どんなって……同じだよ。このあたりに広がっている、美しく、原始的なメキシコの亜熱帯の森と」

「まったく?」

「ああ、マヤやアステカのものとそっくりな神殿、蒼い空、澄んだ水、透明な空気、噎せるような緑の匂い、火焔樹、薔薇、マリーゴールド、それからモルフォ蝶、原色の動物たち……違うのはジャガーが大勢いるだけ」

「空は同じ、水も空気も緑も同じ、そして太陽も……?」

「ああ」

英智がうなずくと、髪をかきあげ、セヴァスは切なげにこちらを見つめてきた。

「きみは自由にそこに入れる。でも……ぼくは入れない」

「還《かえ》りたいの?」

「別に」

「本当は、還りたいんじゃ……」

言いかけた英智の言葉をぴしゃりとセヴァスが止める。

「興味ない。どうだっていい、原始的な密林になんて興味ない。ただ不条理だと思うだけだ、同じ親から生まれた双子なのに、レオポルトはこの世の栄光をすべて手に入れ、ぼくは……彼が高みにあがればあがるほど地に堕《お》ちていくなんて」

「レオポルトが憎いの?」

本当の生贄は、この人なのだろうか。

「さあね、あの男に興味はないから」

「違う、憎いから、アレナスの愛人になったはずだ」

「憎いからじゃない。おもしろいから、アレナスを選んだだけだ。実際、ぼくはこの色情狂のような身体の疼きを埋めてくれる男なら、誰だっていいから。特定の男の愛人になるのなんてまっぴらだったけど、帝国の財産を欲しがっている男とつきあっていると、肉欲だけでなく、心も満たしてくれておもしろいんだ」

「おもしろいってなにが」

「強欲なマフィアのドンに、帝国の話をすると喜ぶんだよ。そしてぼくが思ったとおりの楽しいことをやってのけてくれる。たとえば、最近だと、ちょうどアルビノのジャガーが空港にむかっているから捕まえて旅行のお供にしろ。そうすればジャガー神をおびきよせることができ、その富と権力と神秘を手に入れられる話とか」

「じゃあ、アマカさまを罠にはめたのは……」

「はめたわけじゃない。寝物語に、アメリカへむかう前日のアレナスに聞かせてやっただけだ。父のときのもそうだ。母が父を憎んでいる話を教えた。ただそれだけだ」

やはり彼のなかに、レオポルトや帝国へのはかりしれない憎しみが存在する。そんな気がして胸が痛くなってきた。

一緒に生まれたのに。一人は神に、一人は不完全な色情狂に。

レオポルトは、メタリックブルーに輝くモルフォ蝶のように燦然《さんぜん》と煌めいているのに、この人は刺をもったメキシコの森に生息する美しい原色の毒蛾だ。

子供のとき、母がよく言っていた。強烈な色彩のなかに毒がある。だから毒のある生物は、美しく、だから妖しく、だから魅惑的だと。

「でも……本当はどうだっていいんだ。ちょっと遊んでいるだけだ。これでレオポルトとの関わりも最後になると思うと、せいせいする。あんたがぼくの代わりに、これからはあいつの命を管理し、あいつの褥《しとね》での相手をするわけだから」

煙草に火をつけ、ぼそりと呟いたセヴァスの言葉に、英智は眉をひそめた。

今……彼は、褥と言わなかっただろうか。

「まさか……あなたは……」

問いかけたそのとき、ふっと風が吹きぬけ、英智の脳内に流れこんでくる映像があった。

(これは……)

風が教えてくれたのか、何なのかわからないが、ふいに脳内に、ブラックジャガーに抱かれているこの人の姿がぼんやりと見えた。

カリフォルニアの海、ヨットハーバーで、白いクルーザーの上で、なやましく黒いジャガーと交尾をしているこの美しいひと。夕陽が照らすなか、四つん這《ば》いになって体内に挿りこんできたブラックジャガーのペニスに、なやましげな息を吐いている。

その眸からは涙。唇から漏れる言葉は——Te enamorado ——愛している。

(今の映像は……)

英智は息を呑み、瞬きもせずセヴァスを見つめた。

以前に、レオポルトと一緒にいたとき、太古から続く彼らの営み、生命のつながりのようなものが垣間《かいまみ》見えた気がしたが、今のは何だったのか。

顔をひきつらせている英智に気づき、セヴァスは艶やかに微笑した。そのとき、レオポルトが寝室にもどってきた。

「屋敷のまわりは安全だ。ペドロが警備に当たっている」

「あ、ああ」

「顔色が悪いな。あの極悪な男からなにか変なことを言われたんだろう」

レオポルトがクイと親指で示すと、セヴァスは肩をすくめて苦笑した。

「ひどい言われようだな。アレナスと仲良くしている話を語っただけなのに。ついでに言うと、あんたにも帝国にも本当は何の興味もないって話も。これで縁が切れて、せいせいする。だからさっさと始めろ。見届けてやるから」

腕を組み、セヴァスは冷ややかに言った。

「今夜は楽しい夜になりそうだ」

その投げやりな態度。興味がないと言いながら、父親を殺させ、アマカを誘拐させて楽しんでいる歪んだ男。

憎んでいるようにしか見えないのに、さっき、英智の脳裏を抜けた映像は何なのか。

Te enamorado ……。

このひとは……本当はレオポルトを愛しているのだろうか。

どす黒い不安が胸に広がっていく英智の肩にレオポルトの手がかかり、ひきよせられる。

「あいつの毒に酔わされるな。おまえはおまえのままでいろ」

レオポルトにベッドに組み敷かれ、いつものように彼の腕にやわらかく身をまかせようとした。これはあの魔性の男とレオポルトを引き離す儀式だ、大切な行為だ、と己に言い聞かせるうちに、身体の全細胞が恐ろしいほど快楽を求め始めた。

心は冷静なのに、皮膚という皮膚が焔となったように燃えあがる。

一気になだれ落ちるように、彼との情交がもたらしてくれる甘美な虚脱状態へといざなわれていく。

壁にもたれかかり、煙草を吸いながら、冷ややかな目であの男が見ていると思うと。

毒のある眼差しで、レオポルトとの情交を焙るように見学されていると思うと。

（どうしたんだ……俺は……）

ベッドであおむけになり、のしかかってきたレオポルトの背に腕をまわしたそのとき、窓から蝶が入りこんできたような気がした。

いや、蝶ではなく、メタリックブルーのモルフォ蝶に似た蛾が艶やかに室内を飛び交い始めた。モルフォ蝶とは違って、翅に渦を巻いた妖しい斑紋のある毒蛾。ほの昏い空間のなか、蝶のきらめきが視界で揺れる。セヴァスの視線を意識して、ふだん以上に敏感になった体内にレオポルトが挿りこんでくる。いつもよりも大きな質量、激しさで。

「あ……ああ……ああっ、ああ」

腰がぶつかる音。筋肉質のひきしまった浅黒い肩に手をかけ、目を開けたとき、一瞬、英智は硬直した。ぐいぐいと腰を突きあげ、汗を滴らせながら英智を穿ちながらも、レオポルトの視線は壁にむけられている。

「……っ！」

ゆさゆさと揺さぶられ、朦朧とした意識のなか、それでもはっきりと見てしまった。

レオポルトの眸が自分ではなく、違うところ——壁際に立っている双子の兄にそそがれていることに気づいたからだ。

まさか——。

顔をずらして視線をむけると、セヴァスがうっとりとした目でこちらを見ていた。バスローブの胸元を手でまさぐり、もう一方の手で下肢のあたりをさぐりながら。

「……」

何という妖艶な顔をしているのか。そう思ったとき、たまらず英智の内部がレオポルトを締めつけていた。

「あんな男を……見るな」

レオポルトは英智の腰を抱きあげると、自分をまたぐような格好で座らせた。下から串刺しにされ、内臓にかかる圧迫感が一気に強まる。

「あうっ……あぁっ……ああ」

たまらず英智はレオポルトにしがみついた。

そのとき、背中に視線を感じた。

後ろから、睨《ね》めつけるように自分を見ている男の存在。

彼は憎みながらも、レオポルトを愛している。それが熱い視線となり、毒のある刺のようにじりじりと背中の皮膚に伝わってくる。

もしかするとレオポルトも——という思いがよぎったそのとき、胸に痛みが広がり、重い砂を埋めこまれたような苦しさを感じた。

それなのに、どういうわけか身体だけは異様なほど昂《たか》ぶっている。

「どうした……」

顔をのぞきこまれ、ふいに己のなかに狂暴なまでの情欲が燃え盛りそうになっている気配を感じた。この感情は何なのか。

背中にまといつく視線を引き剝がすような激しさで、英智はレオポルトにしがみついた。

「もっと……もっとして」

自分からそのほおに手をあて、レオポルトにくちづけする。彼を犯すように、闘う相手に挑みかかるように、激しい情念に駆り立てられるように。

「ん……っ……っ」

舌を絡ませあい、たがいの粘膜と粘膜を絡ませながら彼にしがみつき、腰をくねらせて、どくどくと脈打つ体内のそれを感じとりながら。

「ああっ、あ、ああっ、いい、そこが……そう、気持ちいい……いい……っ」

身体の内側に、昏い情念の毒のようなものが広がっていく。そこから生じるちくちくとした痛みが、どういうわけか痺れるように心地いい。

魂が清らかだからこそ、レオポルトに選ばれたのに。心に曇りがないからこそ、婚姻相手となったのに。美しい魂、綺麗な心が好きだと言われたのに。

なのに、心が毒蝶に犯されている気がしてならないのはどうしてだろう。

ああ、本当にどうしたのだろう。

どうしてこんなに胸のなかが焦げつくのだろう。

どうしてこんなに重苦しい熱に内臓まで灼けたようになっているのだろう。

初めて会う男に見られながらも、どうしてこんなにも全身が熱く痺れてしまうのだろう。

自分の内側の、見てはいけない深淵《しんえん》をのぞいているような気がするのに、どうして自分は快感に噎び泣き、身悶えながら、甘い呻《うめ》きを吐いているのだろう。

次々と湧く疑問が止まらない。

けどそれ以上に身体を支配していく強烈な快感に精神が断絶し、ただただ快楽を貪る獣のようになってしまった自分がいる。

昏い情念の火。いつの間にか呑みこまれている。

窓の外の漆黒の闇夜《やみよ》は、そんな英智の心とは反対に、いつしか暁暗が過ぎ去り、水色の薄明に変わっていた。

6　本物のつがい

「……英智、英智、起きろ」

肩を揺すられ、はっと目を覚ます。

気がつくと、もう夕刻になっていた。今朝、帝国にもどってきたとたん、どっと疲れを感じてそのままベッドに横たわって、気がつけば深い眠りに陥っていた。

「……っ」

レオポルトに手を伸ばし、英智はその胸にもたれかかった。

夕陽がまぶしい。火焔樹の赤よりも燃えるような赤い色をしている。

けれどそれ以上に、昨夜、自分のなかに湧きあがった焔のほうがずっと赤い気がして、英智は自分の内側にくすぶる生まれて初めての感情にとまどいを感じていた。

「どうした、疲れたのか」

「あ……ううん……大丈夫だよ」

本当は疲れていた。昨夜のことがあまりに強烈だったので。

セヴァス――レオポルトの兄。彼、たった一人が出現したせいで、なにもかもが崩壊しそうな恐怖を感じている。

今まで少しずつ少しすつレオポルトとの間に信頼を築き、育《はぐく》んできた深い愛のようなものが一瞬で崩れ去ってしまいそうな気がして怖いのだ。

「顔色が悪い。今夜の儀式まで時間がある、もう少し休んでいるか」

レオポルトの手が、英智の汗ばんだほおに貼《は》りついた毛先をかきやり、心配そうに顔をのぞきこんでくる。

「平気だよ」

「やはり、あの男の毒に耐えられなかったか？」

おまえなら大丈夫だと思ったが——という彼の心の声が聞こえてくる気がして、英智は笑みを作った。

「違う、ちょっと遠出をして疲れたのかもしれないけど、俺はなにがあっても大丈夫だ。あなたと生き、あなたと死ぬと決意している気持ちに変わりはない。確かに、あなたの兄さんは、かなり強烈だったけど」

昨夜、レオポルトの腕のなか、激しい快楽の果てに絶頂を迎えた瞬間、英智の脳裏に、ふたりの学生時代の光景が飛びこんできた。

（あれは何だったのだろう）

ふたりの記憶のなかに刻まれている過去の情景を、風や空気や緑が断片的な情報として英智に見せてくれたのだろうか。

みずみずしい緑に満ちたスタンフォード大学の優美なキャンパス。

ブーゲンビレアが咲き、噴水から水があふれ、中世ヨーロッパのイタリアの大学を模したという回廊式の建物に囲まれた空間。

広々とした場所に敷き詰められた芝生の上に横たわり、セヴァスが分厚いコンピューターのテキストを読んでいる。

さらさらとした金髪、少し気取ったデザインの淡いブルーの眼鏡をかけながらも、学生らしい白いシャツにジーンズを身につけて。

「セヴァス、こんなところにいたのか」

キャンパスのむこうにある売店から二人分のサンドイッチとコーラを手に、レオポルトが走ってくる。長い髪を後ろでひとつに結んでいる姿は今と変わらない。艶やかで官能的な肉体も。けれどセヴァス同様に、黒っぽいシャツにジーンズ、スニーカーという、カリフォルニアにいる大学生らしい格好をしている。

「レオポルト、この教授の講義だけど、きみ、参加する?」

「いや、私は彼の講義には興味はないから」

そのころ、セヴァスは自分がレオポルトの兄だと知らなかった。一方のレオポルトはセヴァスが兄だと知っていた。

自分がジャガーの血をひくとも知らず、カリフォルニアの裕福な上流階級の家でふつうに育っていたセヴァスは、しかし十代の途中から、己の身体のなかに湧いてくる獣のような情欲に悩まされ、当時、なにも知らないままカウンセリングに通っていた。

昼間は優秀な学生。けれど夜になると、いてもたってもいられず、サンフランシスコのゲイタウンに顔を出し、行きずりの相手と激しい情交をくりかえしていた。

だが朝になり、大学に行き、親友のように親しくしているレオポルトと学問について話をすると、その前夜の己の醜さ、淫靡さがとてつもなく醜いものに思え、心のなかを罪悪感が支配していた。

レオポルトには知られたくない。醜く淫らな自分を知られたくない。男を貪っていないと生きた気がしないような夜の顔を知られたくない。

そのころ、セヴァスは真剣にそう思い、必死にカウンセリングに通い続けた。

「どうしようもないんです。どうしてなのかわからないんです。でも、夜になると、コールガールのように路上に立ち、男にめちゃくちゃにされたいという衝動が抑えられなくて苦しくて苦しくてしょうがないんです」

泣きながら、医師に相談するセヴァス。

医師からは、色情狂――ニンフォマニアと診断され、カウンセリングでその原因をさぐろうと必死になっていたらしい。上流家庭の息子としてのプレッシャーなのか、成績優秀ゆえの鬱積《うっせき》がそんなふうな形となって表出しているのか、と。

そうしている間に、いつしか医師もセヴァスと肉体関係をもつようになり、男たちがセヴァスを争って事件を起こすまでになっていった。

それでも男を貪らずにはいられず、複数の男に蹂躪《じゅうりん》されているところを、あるとき、レオポルトに見られてしまった。

一番見られたくなかった相手に、どうしようもない姿を知られ、死を選ぼうとしたセヴァスに、レオポルトが真実を打ち明けた。

「すまない、おまえのそれはすべてジャガーの血のせいなんだ。ジャガーでありながら、ジャガーに変身できないせいなんだ。獣の血だけが身体のなかで渦巻き、性を貪ることで獣性を抑えることしかできない」

そしてレオポルトは、彼に真実を伝えた。メキシコの人豹帝国の神から生まれた双子だということ。ブラックジャガーとして生まれたレオポルトは、後継者として帝国に残り、ジャガーの姿に変身できないセヴァスは、父の命令で殺されそうになったが、母が必死に守ろうとしてアメリカの裕福な家庭に養子に出したという事実。

原因は、つがいの相手とレオポルトが婚姻するときまで、セヴァスがレオポルトを殺す資格があるため、父がそれを怖れたから。

生存を知ったあと、父は彼に呪いをかけ帝国に入れないようにしてしまった。

本当は会いにくる気はなかったが、セヴァスが身体のなかに流れる獣の血の存在を知らないまま苦しんでいることを知り、何とか支えになりたいと思って、カリフォルニアにやってきたことなどをレオポルトが説明する。

「ぼくがジャガーの血をひいているだって？　証拠を見せて」

愕然《がくぜん》とするセヴァスの前で、レオポルトがブラックジャガーに姿を変える。

「じゃあ、ジャガーの血ゆえに……ぼくは……昔から……」

「昔から？」

「色情狂だったってことか。ぼくがこんなふうになったのは、全部この身体に流れる血のせいなのか。レオポルト……この身体に……きみと同じ血が流れているから」

絶望的な顔で涙を流しながら、それでもセヴァスはおかしそうに大声で笑った。そしてひとしきり笑ったあと、ジャガーの姿をしたレオポルトの肩に手をかけた。

「なら、その姿で、ぼくを犯して。ジャガーの姿でぼくと交尾をしてくれ。獣と交尾をすれば、ぼくの獣の血も治まるかもしれない」

「駄目だ、おまえは私のつがいではない」

「なら、きみを殺してぼくも死ぬ。つがいと結婚するまで、きみを殺すことができるのはぼくだけなんだろう」

「殺したければ殺せばいい。おまえの苦しみを受け止めたくてここにきたのだから」

レオポルトの言葉に、セヴァスは地面にひざから崩れ、大きな声で泣き出した。


その光景が、昨夜、絶頂を迎えた瞬間に、はっきりと見えたのだ。

そこから先は見えない。

だがその前、レオポルトがペトロに呼ばれて部屋から出ていったとき、断片的な残像のように、ブラックジャガーに抱かれているセヴァスの姿が英智の脳によぎった。

そのときに感じた鬱屈《うっくつ》せいで、昨夜は恐ろしいほど乱れてしまった。

レオポルトはセヴァスと交尾をしたのかどうか。

ジャガーの姿で、兄を抱いたのか——と、言葉で問うのは簡単だ。

しかしもし彼が肯定したらと思うと恐ろしくて訊けないし、もし彼が否定するなら、そんな疑いをもってしまったことを軽蔑《けいべつ》されそうで、それも怖かった。

英智はうつろな目でじっとレオポルトを見つめた。

「やはり……あんな男を紹介したから、気分が悪くなったか?」

あんな男——あれほどの優しさを見せていたのに、双子として、肉親として情を抱いていたはずなのに、どうして、あんな男呼ばわりするのか。

「本当に大丈夫だから」

英智はそのまま彼にしがみついた。その肩をレオポルトが抱き寄せる。彼はいつもとても優しい。大学時代にセヴァスにそうしていたみたいに、ジャガーの神としての支配者としての顔からはまったく想像がつかないほど繊細な心づかいを示してくれる。

「今夜、別の儀式がある。また辛い思いをさせるかもしれないが……明日からは、カンクンで何の気兼ねもなく私とふたりで暮らせるから」

彼の優しい言葉に胸が痛くなる。自分の感情が爆発しそうで不安になる。つがいの相手として、彼は本当に大切に思ってくれている。けれどどうしてか、不安になるのだ。

昨夜、情交のさなかに、この男の視線が自分ではなく、セヴァスを捉えていたせいなのか。

頭のなかに見えた映像――ブラックジャガーと交尾しているセヴァスの姿のせいか。

『なら、その姿で、ぼくを犯して。ジャガーの姿でぼくと交尾をしてくれ。獣と交尾をすれば、ぼくの獣の血も治まるかもしれない』

あの悲痛な叫び。獣性に苦しむセヴァスを助けるため、レオポルトがジャガーの姿で彼を抱いていたら。

（いやだ、知りたくない。いやだ、こんな感情、持ちたくない）

綺麗な心でいなければ。彼がつがいとして選んでくれたときの、正義感が強くて、まっすぐで、素直に他人を愛することができた自分をとりもどさなければ。

英智はかぶりを振り、淡い笑みを見せた。

「さすがに、他人の前でセックスするのは緊張するけど……でもカンクンに行ったら、あなたとふつうに過ごせるんだし、今夜が最後の儀式なんだろう？　どんなセックスすることになるのか想像がつかないけど」

「聖なる泉で潔斎したあと、おまえの身体に護符を塗り、それから最初に全員の前でやった場所で同じように身体をつなぐ」

「またジャガーたちの前で？」

「そう、繁殖を終えたジャガーたちの前で、ジャガーの姿の私と」

「え……」

一瞬、脳裏によぎったジャガーとセヴァスの交合の姿。

「俺は人間のままで……だよな？」

「当然だ」

英智は視線を落とした。

ジャガーの姿のレオポルトと、人間の姿の自分とが交尾をする――それが聖なる婚姻最後の儀式というわけか。

「さすがに獣を相手にするのは勇気がいるだろう。おまえの身体に負担がかからないようにするから」

「あ……いや、勇気もなにも……想像がつかなくて……とまどってるだけだ。でも大丈夫だから、俺は何でもできることはするから」

「好きだな、おまえのその潔さ。清々しい気持ちになる。浄化されるようだ。昨夜から元気がなかったから、あの男の毒のせいで具合が悪くなったかと思ったが、おまえが変わらないでいてくれることが私の救いだ」

レオポルトにあごをつかまれる。顔をのぞきこまれ、清らかではない心をもった自分を恥ずかしく感じた自分をふりはらうように、英智はレオポルト背に腕をまわした。

「大丈夫だ、俺は変わらないから。俺は俺のままでいるから、なにがあっても」

レオポルトへの誓いであり、自分への戒めだった。

この男を支え、護っていくのが自分の役目。だから保たなければ。自分を。


それからしばらくして、英智は日暮れとともにレオポルトに連れられ、オアシスのような場所にむかった。

深紅の火焔樹が群れ咲く密林の間の、険しく細い道を抜け、滝の下を進み、さらにうっそうとした野生の木々に囲まれた場所を進んだ先にある秘境のような場所だった。

しんとした密林の木々の精気が静まりかえった空間に満ちている。

ひんやりとした風。わき出てくる泉からの清々しい冷気。昨日、セヴァスのところで身体のなかに入りこんできた毒が浄化されるような心地よい空気にほっとする。

「ここは、聖なる場所と呼ばれていて、ふだんは神官以外は入れない」

泉の前に立つと、月の光が木々の間から射しこみ、静かな水をたたえた水面に淡い光の煌めきを作り出していた。

泉の前には、ジャガー神が彫られた石のレリーフがあり、厳かな雰囲気が漂う。

なにか音がしたかと思うと、あざやかな黄緑色をした大きな蛇が通り抜け、真っ白な鳥が飛んでいった。

「……っ」

毒蛇――――？　英智はハッとした。

「大丈夫だ、危険な生物はここにはこられない。ここに入れるのは、魂に曇りのない者、毒を持たないものだけだ」

魂に曇りのない者しかここに入れない。では、自分の心はまだレオポルトが愛しいと思った清らかなままなのか。昨日、感じた昏い情念に支配されてはいないようだ。

それが証明された気がして、ほっと緊張がゆるみ、英智は眸が熱く潤むのを感じた。

「どうしたんだ、泣いたりして」

「あ……いや……うれしくて。ここにいられることが。俺がちゃんとあなたにふさわしい相手だということを実感して」

それと同時に、自分が本当にこのひとをものすごく好きなのだと改めて自覚した。

「バカな男だ。そんなことを心配していたのか。世界中から、たったひとり、おまえを選んだというのに」

だからこそ、その資格を失った気がしたから不安だったのだ。不安の種は、自分の心のなかに芽生えた昏い影だった。レオポルトがセヴァスを愛しているのではないかという不安。この兄弟がこれまでに肉体をつなぎあわせてきたのではないかという疑念。

そのとき、芽生えた自分の感情——それは明らかに嫉妬だった。

『俺を抱いているときに、狂おしい目でセヴァスを見ないで欲しい』

『たとえ彼の獣の血を鎮めるためであったとしても、セヴァスを抱かないで欲しい』

一番怖かったのは、そんなふうに叫びそうになっている英智自身の本音だった。

他人への嫉妬や独占欲のような、そんな感情が自分のなかにあったことに英智はどうしていいかわからなくなった。自分だけが愛されていると思いこんでいたせいか。心のなかで安心しきっていたせいなのか。

レオポルトとの関係は、運命に導かれ、人智を超えた部分で結ばれ、神から祝福された豊かで優しい愛だと思っていた。それなのに、自分以外の深い結びつきをもった相手がレオポルトに存在していた事実。残酷な運命によって彼と引き裂かれてしまった。だが本当は彼のことを誰よりも愛しているのではないか。

むしろ英智のほうが彼らの邪魔をしているのではないか。

そんな気がして、身体のなかが灼けつきそうになった。そんな内なる声が怖かった。

(でもよかった……俺の心が汚れきっていなくて)

まだ毒を孕んでいない。だからこの「聖なる場所」にこられた。そう思うと、レオポルトが本当はセヴァスを愛していたとしても、もういいと思えるようになってきた。過去にふたりに関係があったとしても、自分の気持ちに変わりはない。自分がしっかりと未来にむかって彼を愛していけばそれでいい。彼と一緒に生き、一緒に死ぬことができれば。

「すまない、レオポルト。大丈夫だから」

英智は手の甲で目尻を拭い、レオポルトにほほえみかけた。

「そうだ、それでいい。なにも怖れず進んでいけ」

英智の手をとり、レオポルトは手の甲にキスしてきた。

「さあ、衣服をとって、泉のなかに」

「……ああ」

衣服を脱ぎ、裸体になって泉に足を浸す。泉は冷たくはなかった。むしろ温水、どちらかというと温泉に近いものだった。

グアナファトからそう遠くない場所に、アグアスカリエンテス——熱い水という名前の地がある。その地と深いところでつながっているのだろうか。

森の奥の神聖なる温水の泉。あたりにはマリーゴールドが散っている。それを月の光が冴え冴えと照らしていた。沐浴《もくよく》にちょうどいい程度の温水だった。

レオポルトは、マリーゴールドをベースにした香油を手で英智の肌に優しく塗っていった。

「この花は、古代エジプトでは若返りの妙薬とされていたが、我々の間では、魔除けの花として重宝されてきた。それから沈静効果がある。ジャガーと交尾しても、これを塗りこめておけば苦痛はない」

皮膚という皮膚に香油を塗り、最後の儀式の前に魔除けの護符を身体に描くらしい。

確かに神殿に刻まれた絵画や古代の遺跡から、肉体にアートのような模様を描かれた男たちの姿を見かける。

英智の場合は、人間社会で厄災がこの身に及ばないようにという祈りだとか。

古代から続く彼らの風習だった。

ふと祖母と骨董屋の店番をしていたときのことを思いだした。

子供のころ、祖母から聞いた森のなかのジャガーの伝説の数々。それは英智の想像をかきたて、森に行っては、超自然的なことばかり考えていた。

ジャガー神が降霊師とともに多くの霊を森に封印した話。水辺で白いジャッカルを見た者は死ぬという伝説。蛇に呑みこまれながら、その腹を破って生き残った鳥が神さまになった言い伝え。それからたとえばこんなふうに、森の聖なる場所でジャガー神が婚姻し、花嫁に魔除けの護符を描く話も。

(そうだ、子供のとき、そんな話も耳にしたことがある。あれは本当のことだったのか)

森の話のなかにはジャガー神の婚姻にまつわる幾つもの物語があって、祖母はよく英智に語ってくれた。

結婚式の日に、ジャガー神の姿に驚いて、そのまま滝から身投げしたお姫さま。それから息子をジャガー神のもとにやりたくなくて、偽の人形を送りこんで、怒りを買った一族の話。

一番好きだった伝説は、ジャガー神と結婚の約束をしながらも、彼の帝国を護るため、敵に殺されてしまった花嫁の話だ。彼女への愛しさから、ジャガー神は自らも命を捨ててしまう。だが、ふたりの尊い愛がたがいの命を再生させ、蘇生したジャガー神と花嫁は、その後、幸せな人生を送ったという物語があった。

(そういえば、俺も……殺されて蘇生したんだった)

レオポルトの手で蘇生させられ、今、こうして彼とともに生きるための最後の儀式に挑んでいる。セヴァスのことはもう気にならない。この森、この泉の神聖な空気が英智の魂を以前にも増して浄化させている。

さらさらとレオポルトの手で肩にかけられていく温水が心地いい。淡いマリーゴールドと緑の大気とともに、呼吸するたび、魂が安らいでいくような気がする。

密林を通りぬけていく風がさらりと肌を撫でていく。

泉から出たあと、奥にもうけられた石造りの祭壇のような場所で、古代のメキシコの民族衣装に身を包んだ男性二人を従えたレオポルトによって魔除けの護符が描かれた。

腕には、マヤ文明の模様のトライバル。肩には魔除けのジャガーと尊い蝶、背中にはモルフォ蝶を描いていく。

「森の植物の実で作った絵の具だ。しばらくすると消える。聖なる婚姻のデモンストレーションのようなものだが、おまえの肌は質がいいから、このあとも長持ちしそうだ」

マリーゴールドによって殺菌効果が出た水に、森の植物の実をすりつぶしたペーストを溶かし、レオポルトが祈りをこめて護符を描いていく。

「……っ」

冷たい植物のペーストで絵を描かれるたび、レオポルトの息が肌に触れ、そこからじわじわと身体中の細胞が満たされていくような気がした。

ひとつひとつ、描かれていく護符。厄災が通り過ぎ、幸福な時間を過ごせるようにという祈りがこめられている。愛する人の手で、そんな祈りをこめられていると、護符が描かれている皮膚のすべてが愛に包まれている安心感をおぼえる。

今夜、この護符をまとって自分はレオポルトと真のつがいになるのだという自信と幸福感をいだきながら、英智はなにか大切なものに全身が護られていくような幸福に身を任せた。

真夜中のピラミッドに、繁殖期を終えたジャガーたちの咆吼が反響している。

七日前、朝陽のなか、日蝕の太陽に晒されながら、人間のレオポルトと交わった。

そして最終日明け方の太陽が出るときまで、英智は神殿のピラミッドの上で、ジャガーのレオポルトと肉体を結合させなければならなかった。

人間としての彼とも、ジャガーとしての彼とも交わることで、心も身体も魂もつなぎあわせるという意味らしい。

見あげると、石造りのピラミッドの上を、真夜中の月が青白く染めている。緊張が高まり、マリーゴールドの甘い匂いが脳髄にまつわりついてくる。

「大丈夫か」

「あ、ああ」

何でも受け入れる。そう決意している。どんなことがあっても恐れはしない。

「私に背をむけて」

うながされるまま、敷物の上にうつぶせになる。

そのとき、またあの光景が脳裏をよぎった。ブラックジャガーとセヴァス。こんなふうに四つん這いになったセヴァスと彼が交尾のような交合をしていた。

（あの光景……）

あれは幻影ではない。夢でもない。そうでなければ、こんなふうに生々しく脳のなかに彼らの姿が浮かびあがるわけがない。四つん這いになり、甘い声をあげているセヴァス。彼の背中からのしかかり、何度も何度も腰を突いている巨大なブラックジャガー。

いつも、その姿がはっきりとすべて見えるわけではない。セヴァスの顔であったり、重なったシルエットであったり、ブラックジャガーの体軀の影だったり……部分部分が、英智の脳裏をよぎっていく。それだけではない、セヴァスの声までもが聞こえてくるのだ。

『ああっ、ああ……そう、そこ……ああっ……最高だ……獣との交尾……最高の快楽だ……ああっ、熱い、獣の……熱いっ……溶ける――っ！』

その絶頂の声。彼の腿から滴り落ちていく大量の精液……。ジャガーが吐きだしたものとセヴァスが吐きだしたものが溶けあっている。

（夢じゃない、俺にはわかる……あれは現実だ……セヴァスはジャガーに……抱かれた）

けれど嫉妬も悔しさも独占欲も感じなかった。

それならそれでいいと思った。それよりも今からの未来のほうが大事だ。

なにより自分はセヴァスのような激しい身体の疼きがあるわけではない。なにかを鎮めてもらいたいと思っているわけでもない。性行為をするためにここにいるのではなく、つがいとしてレオポルトとともに生きていくためにここにいるのだから。

この行為もそうだ。最高の快楽ではなく、最高の人生のために。

「……英智」

ブラックジャガーに変容したレオポルトが後ろから近づいてくる。彼の舌先で全身を舐められていく。首筋、背中、腰に触れる被毛が優しく肌を愛撫しているように感じられ、英智の緊張を解きほぐしていった。

「んっ……んっ、ふっ、んんっ！」

マリーゴールドの香油に催淫効果でもあるのか、ただそれだけの刺激で、下肢に熱が溜まり、先走りの蜜を滴らせながら股間のものが膨張していく。英智はそこに敷かれた布をぎゅっと強くにぎりしめていた。

ジャガーの前肢にうつぶせになっている腰を持ちあげられ、腿を左右に広げて間に挿りこんでくる。吐息がかかり、双丘を割られたかと思うと、ぬるりとした舌が後孔に触れた。

「んっ、あ、あっ、そこは…」

ふるりと内腿が震え、手で支えようとしてもへたりと上体が胸から落ちてしまう。やわやわと舌先につつかれるだけで、たちまちぞくぞくとした痺れが背中を駆けぬける。英智の性器からは、ぽとぽとと音を立てて淫靡な蜜が流れ落ちてくる。昨日までの情交でぷっくりと爛れている蕾を割って、弾力のある舌先が粘膜の内側に挿りこんできた。

「あ……っ……ああっ、や……ううっ」

きりきりと爪を立て敷物をたぐる。あたたかな、それでいてざらついた獣の舌が体内を這いまわり、行き交う異様な体感に身体の芯が疼いてどうしようもない。

「ああっ……あっ」

いつしか肌はしっとりと汗ばみ、皮膚から蒸発してくるマリーゴールドの香油の濃密な香りが英智の脳を眩《くら》ませていく。

舌先に執拗に解きほぐされ、濡れた後孔があまりのむず痒《がゆ》さにひくひくと痙攣する。ペニスが震え、身体から力が抜けてしまいそうだった。快楽のためではないと思いながらも、身体は完全に快感に酔いしれ、自分でも知らないうちにもっと甘い刺激が欲しくて、腰をくねらせてしまっている。

「ずいぶんやわらかくなって。いいな？」

舌をひき抜き、ジャガーが後ろから問いかけてくる。熱っぽい吐息が濡れたまま剝きだしになった後孔を撫で、それだけで絶頂を迎えそうだった。

「いいんだな」

訊かなくていいのに。焦れったさを感じ、英智は何度も小刻みにうなずいていた。

「ん……いい……きて……いいから……早く……っ」

早くきて……と思わず口にしそうになった次の瞬間、後ろからのしかかっているブラックジャガーの肉塊がぴたりとそこにあてがわれた。

「……あ……っ」

ひくひくと震えている蕾に、ぐぅっと猛々しい陰茎の先端が食いこむ。やわらかく広げられていたとはいえ、巨大な肉食獣のそれは、想像以上の大きさで、信じられないほど襞を押し広げて体内に潜りこんできた。

「いっ、ああっ、大きい……きつい……ああ……ああっ！」

いつもとは違う圧迫感。ものすごい質量だった。目の前を火花が散り、背筋に電流が奔りぬけたような衝撃に、全身が硬直する。

ずるずると音を立てて窄まりを広げながら大きなものが奥まで挿りこんできたかと思ったが、まだ先端だけだったようだ。

さらに腰を押しつけられ、英智は手に力を入れ、大きく背をのけぞらせた。

「ああっ、レオ……っ……ああぁっ！　くぅっ、だめだ、裂ける、あっ、はあっ」

噎び泣くような自分の声。身を震わせている自分の影。そのとき、石の神殿に刻まれた自分たちの影が、セヴァスとジャガーの交尾の光景と重なって見えた。

「くぅ……あぁっ」

その幻影が見えただけで、たちまち彼を銜えこんだ粘膜がそれまでとは違った異様な熱に支配されていく気がした。寝台代わりの敷物に爪が食いこむ。苦しさとはうらはらに、なやましく痙攣しながら、獣の肉塊に吸着する英智の体内。痛くて、腰が砕けそうなのにそこから感じる圧迫感に腰のあたりが熱く痺れていく。

「ああっ、ああっ」

すごい。身体が彼を求めている。ジャガーのペニスを引き絞るように締めつけ、肉襞が彼にまつわりつき、その抜き差しに異様な心地よさを感じている。脳髄は沸騰しそうなほど熱くなり、視界が朦朧としていた。

「すごいな……私が負けそうだ……人間との交尾がこれほどの快感を与えてくれるとは」

感心したように囁き、ぐいぐいとブラックジャガーが腰をぶつけてくる。

大型のネコ科の獣特有の、固く尖った亀頭の先が熟れた粘膜をこすりあげると麻薬のような妖しい快感が下腹のあたりを支配していく。壊されるような痛みは甘い痛みへと変化し、抉られたときの圧迫感は心地よい内臓への刺激へと変わっていた。

「あぁっ、あぁっ、ああっ！」

頭の先から足先まで痺れたような感覚に囚われている。

自分たちが人間なのか、ジャガーなのかすらわからないほどの濃密な情交。

東の空が徐々に明るくなり、むかいに立ったピラミッドの背景に、暁光が浮かびあがって、ふたりの重なったシルエットが神殿の祭壇に大きく伸びていく。

身をのけぞらせている自分と、巨大なジャガーが怒張した性器を抜き差しし、英智の細い腰を突いている影がくっきりと刻まれていた。

突きあげられ、悶える自分。飛び散る汗。そのシルエットが視界に入ったとたん、さらなる情欲を煽りたてられる。

「っ……好きだ……あなたも……こういうのも……」

朦朧としながら、そのシルエットを見つめて英智は呟いていた。

「……ジャガーとするのも……好きだ……こうしているの……幸せだから……っ」

どうしたのだろう、不思議だ。そんなことを口にしていた。

「かわいいやつだ……運命の相手でなくても……おまえに惚れていただろう」

そう囁き、ブラックジャガーが腰を荒々しくぶつけてくる。

「あぁっ、んんっ、はぁ、ああっ！」

石造りの神殿に響く英智の声。その声が甘さを増していくのに比例するように、抜き差しをくりかえすジャガーの腰の動きも加速していく。

「――っ！」

体内で爆ぜる肉塊。どっと、粘膜に叩きつけられる粘液。レオポルトが体内に射精し、同時に英智のペニスも果てていた。

甘く果てしない泥のなかへ、溶け崩れるように快楽の波に呑みこまれている。

「ああ……あ……っ」

ぐったりと胸から倒れこんだ英智の腰を抱きあげる腕。つながったまま身体を反転させられたとき、体内のものが形を変えた気がして、うっすらと目を開けると、ジャガーがレオポルトに姿を変えていた。英智を抱きこみ、指先で乳首を愛撫するように撫でながら、レオポルトが唇を近づけてくる。ちゅっと音を立てて唇が重なったそのとき、最初の光が密林のむこうにある山の頂から射してくる。

薄明のなか、少しずつ目覚めていく古代から続く迷宮のようなジャガーたちの帝国。

神々しいほどの朝の光に、すべての神殿や森の木々が煌めいている。

幾筋かの光の光線が目に眩しい。その間を、祝福するかのようなコバルトブルーのモルフォ蝶がひらひらと群れをなして舞っている。ずっと遠くには輪のような光が見える。太陽の光が波のようにうねりながらピラミッドを中心としたジャガーの帝国へと移動してくる。

「神からの祝福だ、私のつがい」

唇が離れた瞬間、気づいた、自分の影が一瞬だけジャガーになっていたことに。

自分も少しずつジャガーになってしまうのだろうか。

だったらいい。そのほうがいい。もっとレオポルトに近づきたい。

そんなことを考えながら、英智は彼の腕のなかで気を手放していた。

7　婚姻の意味

翌日、英智はレオポルトが運営しているホテルがあるカリブ海に面したリゾート地カンクンにむかった。人豹の彼らと先祖の近いマヤ文明の遺跡が多く点在するユカタン半島を突き抜け、到着したのは、豪奢な海辺のリゾートホテルだった

「こんなところにホテルを持っていたんだ」

プライベートビーチに面したコーラルオレンジ色の外壁のホテルの上層部に、レオポルトがここにきたときに常宿するプライベートゾーンがあった。

客室とは違うエレベーターで上まであがると、そこにはメゾネット形式になったスイートルームのような一角があり、ホテルの一室というよりは、リゾート地の高級コンドミニアムといった雰囲気になっていた。玄関からホールに通じるエントランスの天井はステンドグラスがはめこまれ、壁には、メキシコを代表する画家のオロスコを始め、フリーダ・カーロの絵が飾られ、ディエゴ・リベラの壁画までが描かれていた。

「メキシコの革命をテーマにした絵ばかりだ。好きなの？」

新鮮だった。遺跡の神殿でしか知らなかったレオポルトの違う一面が見えて。

「スペインの植民地からの自由、軍事政権からの自由……すばらしい闘いだった」

「そのころから生きてたの？」

「まさか。触れると見えるだけだ、その絵がたどってきた歴史、いや、絵だけではない、建物も宝石も人間も……それが神の徴だ」

「そういえば、俺のことも風が伝えてくれるって」

「知りたい、触れたいと思ったことを風や空気が見せてくれることがあるんだ。おまえはどうだ？　私のそばにいるときに、なにか風や空気から伝えられたことはないのか？」

そうか。だから。その力が見せた真実なのか。

『その姿でぼくと交尾して』

ふとセヴァスの声が甦ってくる。

「見えたことがある……ほんのワンシーンだけど、あなたとセヴァスの学生時代とか」

「スタンフォード時代のか？」

目を細め、レオポルトが問いかけてきた。

「ああ。……確か、ふたりがキャンパスの芝生の上で、サンドイッチを食べているところとか……教授の講演がどうとか話しているところ」

視線をずらし、英智はぼそりと答えた。

「そんなときもあったな。あのころは今のような憎しみは存在しなかったから」

「憎しみが芽生えたのは、やっぱりジャガーの血や出生のことがあったから……」

「いや、それだけではない」

レオポルトはかぶりを振った。

「変わったのはあのときからだ。私が……兄のあの姿を見たとき。大勢の男と交わり、悦びの声をあげていた兄……」

「その姿も見えた……あなたがお兄さんのその姿を見たときの光景も、お兄さんが病気だと思いこんでいた身体の状態が実はジャガーの血のせいだというのを知ったときの姿も」

「それで……神殿にもどってからも、憂鬱な顔をしていたのか」

英智はうなずいた。

「知ってしまったから、そのあと……お兄さんがあなたに言ったことも」

抱いて、犯して――と、レオポルトにすがっていた光景もくっきりと見えた。

それからあまり明瞭ではなかったものの、ブラックジャガーになったレオポルトとセヴァスの交合の様子も。さすがにそこまで見たとははっきりと口にできず、英智はうつむいた。

「俺が見たものって……すべて実際にあったことなんだろうか」

大きく息をつき、レオポルトは英智の肩に手を伸ばし、身体を抱き寄せた。

「なにを見たのか私にはわからないが、すまなく思う、よけいなものを見せて」

「いいよ、それがレオポルトの真実なら、俺は過去のことなんて何も気にしないから」

「英智……」

英智のあごをすくいあげ、レオポルトが唇を重ねようとしたそのとき、ドアをノックする音が聞こえた。

彼の従兄のペドロだった。帝国内では将軍の地位についているが、外の世界にいるときはレオポルトの秘書をつとめているらしい。

「レオポルトさま、取引相手がきています。どうぞ応接室に。英智さまは、私がお部屋まで案内しましょう。こちらへどうぞ」

「あ、ああ」

ペドロに連れて行かれ、英智は寝室に案内された。白で統一されたモダンで広々とした部屋だった。全面はめ殺しになった窓は、UVカットされているらしく、少しブルーグリーンがかった色になっていて、そこをひらいてテラスに出ると、カリブ海を一望できる。

「そうだ、こちらを一応ご確認ください」

ペドロがタブレットの画面をひらき、英智の前に差し出す。

それは英智のことが記されていたニュースだった。

空港勤務の警察官、密売に失敗し、逃走の末、死亡する――。

麻薬カルテルの密売品を横領しようとし、警察に見つかり、抵抗したため、銃で撃たれ、逃走中に死亡したという簡単な記事だった。そのニュースが流れたときの、かつての同僚たちの姿がふと英智の脳裏をよぎる。知りたいと思ったせいだろう。

『英智には悪いことをした。きっと俺を恨んだだろうな。あいつは本当に優秀な警察官だった。俺だって、撃ちたくなかったんだ。でもあのときは、ああしないと、俺が殺されていた。俺だけじゃなく、家族も子供もすべて。だからどうすることもできなくて……』

泣いているパキートの姿だった。英智がよく連れていた麻薬探知犬のミゲルを抱きしめ、肩を震わせて号泣している。

『あいつのこと、大好きだったんだ、あんな心の綺麗なやつ、いなかったから。必死に生き物を守ろうとした姿を思いだすと……自分が恥ずかしくなる。本当は俺もあいつのような警察官になりたかった。…だけど……できなくて』

涙が出てきそうになった。ありがとう、そんなふうに思ってくれて。激しく葛藤しながらも、それでも英智に銃を放つことしかできなかった同僚の気持ちが胸に痛かった。

(悪いのは、パキートではない。だから何の恨みも抱いていない。問題は彼にそういう道を選択させてしまう社会、組織が問題だ)

英智は口元にほっとしたような笑みを浮かべ、タブレットを閉じてペドロに返した。

「ありがとう、わかってよかったよ」

「ショックじゃないんですか？　自分の過去がすべてなくなったのに」

「しかたない、あのまま生き残ったとしても、どのみちマフィアから制裁されただろう」

「潔いお方ですね。さすがというか。セヴァスさまとはなにもかも正反対で……」

「彼とは……親しいのか？」

一瞬、ペドロは目の下を震わせたが、すぐにごまかすように微笑した。ほおが少し赤い。

「従兄ですから。あ、いえ……でも、そこまでは。そうだ、レオポルトさまから頼まれていたものを用意しましたので、そちらもお渡しします」

ペドロは鞄のなかから、大きな封筒を取りだす。

「こちらがパスポートと、あなたのＩＤカード。それから免許証、あとは携帯電話です。パソコンも用意しました。これであなたが狙われることはもうないでしょう。お母さまにもコスタリカに潜伏している仲間が事情を説明しており、納得されております」

渡されたのは、トニオ・シルベティという、メキシコならどこにでもあるような名前のパスポートだった。免許証の住居はアグアスカリエンテスになっている。

「アグアスカリエンテスに、レオポルトさまが所有されている巨大な闘牛牧場があります。レオポルトさまの親族という形で、そこを居住地としました」

巨大な闘牛牧場……。メキシコは、かつてのスペインの植民地時代の影響から、中心部の各都市で盛んに闘牛を行っている。本国よりも熱く激しい庶民の文化となっているというが、実際に見たことは一度もない。牛が殺されるところを見たくないのだ。

「動物を護って、いったん死んだ俺が、闘牛牧場のオーナーというのも変な話だな」

「レオポルトさまの事業のひとつです。闘牛の牛は、その後、庶民の食卓に並びます。メキシコでは闘牛場に集う人々は、貧しい低所得者層も多い。彼らにとっての、大切な娯楽なんです。ですから闘牛に使用した牛を、その場で捌《さば》き、彼らに食べてもらえるようにしております」

不思議な男だ。肉食のジャガーのくせに、貧しい人々のため、牛を捌いて配るとは。

「それから、明日以降の予定ですが……」

そのとき、ペドロの携帯電話が鳴った。着信を確かめたあと、顔をこわばらせる。

「あ、俺に遠慮なくどうぞ」

「い、いえ、とんでもない。私用の相手ですから」

さっきと同じようにほおが赤い。それに同じうろたえ方。電話の相手はセヴァスなのか。

「私用の相手って……恋人？」

「そんなところです」

苦笑いしたあと、携帯電話の電源を切り、ペドロは明日以降の予定について説明した。

そのとき、この男についてはなにも見えてこないことに気づいた。どんな恋人とつきあっているのか、どんなふうにジャガーに変身するのかも。セヴァスとどういう仲なのかも。

（レオポルトのことも、パキートのことも……他のみんなはよく見えてくるのに。俺がこのひとに興味がないせいなのかもしれないけど）

ペドロは、レオポルトの従兄で、次の帝王候補である。レオポルトにもしものことがあった場合、いったんこの世から消えて蘇生してしまった英智は、人間としては不完全なので、次のジャガー神となるこの男と結婚しなければ、命を保てないらしい。

（でもレオポルトにもしものことがあるわけがない。聖なる婚姻のあと、寿命以外に、ジャガー神の命を奪うことができるのは、つがいの相手……つまり俺だけ）

英智以外の手で、レオポルトが殺害される心配はないのだから。

（それに俺がペドロと結婚することはないだろう。一緒に生きる相手という感覚が湧いてこないのだから）

そんなことを考えながら、ペドロが帰ったあと、ぼんやりとベッドの上から海を見ているうちに英智はいつしか眠りについていた。

翌日の午後、レオポルトの車で、彼が率いているグループの会議に出席した。スタンフォードで博士号をとったというだけあり、レオポルトが考案した経営システムがずいぶん機能的に動いているようで、一通り、仕事の内容を確認して、彼は経営陣にさらなる戦略を指導したあと、英智を連れてカリブ海へのクルーズにむかった。

マヤ終焉の地といわれているトゥルムの遺跡にむかい、彼の先祖と遠い昔につながっていたそこに眠る魂に祈りを捧げたあと、再び、クルーズ船に乗ってカリブをめぐるらしい。

「疲れたのか、会社の会議などに出席させたから」

クルーズ船のベッドで窓の外を眺めているうちにいつしかうたた寝をしてしまった英智に、レオポルトが声をかけてきた。

「……いや、揺れが心地よくてつい。会議は緊張したけど、勉強になるから楽しかったよ」

不思議だった。一昨日まで、原始的な密林の帝国にいたというのに、今日いきなり最先端企業の会議に出席して。

ジャガー神として聖なる婚姻の儀式を執り行い、古くから続く帝国の帝王として君臨しているかと思えば、現実の時代にあわせて人間社会で共存していけるように先鋭的な企業経営を行っている。レオポルトの姿を見ていると、自分も勉強したいと強く思うようになった。

「そういえば、会議にはペドロが出席していなかったけど。秘書だって言ってたのに」

「ああ、私的な秘書はつとめているが、大学も出ていないし、ビジネスを勉強したわけでもない。だから関わらせていない。素人が近づいていいものではない。彼には無理だ」

ずいぶんシビアだと思った。彼は次のジャガー神なのに。

「たとえ次のジャガー神候補でも企業経営は別だ。だから私にもしものことがあったときは、今の役員でうまく運営できるシステムにした。でないと、アレナスを始め、マフィアどもにたちまちグループをのっとられる。そうなれば社員の生活はどうなるのか」

信頼以前の問題のようだ。けれど、企業経営はそうでなければと思う。親族云々は関係なく。

「だからおまえは、しっかり勉強して、私の力になれるよう実力をつけろ」

「俺は参加しても大丈夫なの？」

「おまえはむいている。私情では流されない。明確な理念がある。それが一番大事だ。知識をつけ、実力をつければ、公私にわたって『つがい』になれるだろう」

「ありがとう、そうなれるよう努力する。だけど意外だった、ペドロが駄目だなんて」

「企業経営にむいているのはセヴァスだ。ああみえて、感情では動かない。私と同様に、スキップして博士号をとった頭脳、先を見据える冷静な眼差し。実に惜しい男だ」

レオポルトこそ冷静だと思った。日常生活や行動のせいで、セヴァスのことを悪の象徴のようにたとえてはいたが、その実力はきちんと認めている。

「そうだ、ペドロといえば、あいつが心配していたぞ、自分の死亡記事を読んだあと、おまえががっかりした顔をしていたと」

「ああ、あれは、一緒に働いていた同僚が俺の死を哀しんで泣いている姿が見えたから」

「元の人生にもどりたくなったのか？」

「それはない。ただ嬉しかったんだ。俺の死に涙を流してくれていたことに。でも同時に、胸が痛くなった。正義を貫きたいのに、マフィアの言いなりになるしかない警察官の存在に。

そういう社会を変えたいというのが俺の理念だ。それがあるから、あなたは俺にも企業経営に参加しろと言ってるんだよね？」

「その理念があるかぎり、おまえは正しい道を歩いていく」

そのとおりだ。レオポルトの企業を支え、社会を変える手伝いをして、いつか人々が安心して暮らせる国に、いつかマフィアのいない世界にするのが自分の信念だから。

「ペドロから聞いたと思うが、おまえの住所はアグアスカリエンテスの牧場になっている。まず牧場経営の手伝いから始めろ。牛だけではなく、馬や羊もいる。おまえは動物相手の仕事がいいだろう。一応、オーナーとして収益はすべておまえの口座に振りこまれる」

「オーナーって、そんな……。牧場の手伝いは魅力的だけど」

「私の事業への協力の第一歩だ。収益はおまえの好きに使えばいい」

レオポルトはベッドの隣に横たわり、英智のシャツをそっとまくりあげた。そしてジーンズと腹の間に銃を差しこんできた。

「それからこれを……護身用の銃だ、持っていろ」

レオポルトは弾丸の入った袋を英智のジーンズのポケットに入れた。

「レオポルトは？」

「私の分はここにある。尤も、ジャガーになれば、私は自由にどこにでも行けるが、おまえは変身できない。だから自分の身を護るときのために必ず銃を持ち歩くように」

「外の世界は……銃がないと危険なのか?」

英智の額に、レオポルトが手を伸ばして髪をかきあげる。

「危険なのは私だ。日常的に、アレナスを始め、麻薬王から暗殺者が送りこまれてくる。父と違って敵対しているせいだろう」

「父と違って?」

「父は彼らと共存しようと考えていた。アメリカ国境沿いやテキサスに勢力を広げている麻薬王と手を組んで。アレナスとは対立している組織だ」

「国境沿いの麻薬王と?」

そのあたりにいるマフィアは、アレナスなど比ではない巨悪の組織ではないか。

「麻薬王とのつながりに反対する私とはいつも対立していたよ。父の力を憎く思ったときもある。もちろん父も私を排除したがっていた」

「レオポルト……」

「だから父が亡くなったときはほっとしたよ。ジャガー神がこの世を闇にひきずりこんでしまう可能性があった。尤も……皮肉にも、アレナスと手を組んだセヴァスが母をそそのかし、父を暗殺したわけだが」

最悪だと思った。父親はメキシコ最大の麻薬王と手を組み、息子と妻は二番手にあたる別のマフィアと結託し、骨肉の争いをしていたのか。

「国境沿いの麻薬王ともアレナスとも、私はどちらとも組む気はない。自分の力で自分の組織を守る。危険な組織との共存は、結局、一族を破滅に追いやってしまう」

この人のこういうところに惹かれる。けれど同時に、ひんやりと寒々しい風が胸の底を吹きぬける気がした。そうした殺伐としたなかで生きてきたこの人の人生。兄弟でありながら、憎しみあうことしかできなくなっているレオポルトとセヴァスに……。

「俺はあなたのその生き方を支えるから」

英智はレオポルトの肩に手をかけた。

「わかっている。だからここ私がジャガー神にふさわしくない、闇の世界にこの世界をひきずりこむような行動をしたときは、遠慮なくその銃で殺害し、ペドロと結婚しろ」

「待って。俺は別の人間と結婚しないよ。俺はペドロと結婚したくないから」

「なら、一週間もしないうちに死ぬぞ。私が消えたあとはすぐに彼と婚姻しろ、生きるために。おまえはいったん死んで、蘇生している。ジャガー神と婚姻すると同時に、ジャガー神のそばでしか生きていけない」

「無理だ、俺は愛する相手以外と身体をつなげることなんてできない。あなたは違う？　あなたは俺が他の男に抱かれても、死んだあとならかまわないと思ってるのか」

問いかける英智に、レオポルトは眉をひそめた。

「それがしきたりだ。それに……でないとおまえが死ぬ」

「いいよ、一緒に生きて死ぬと誓っただろう。潔く死を受け入れる」

きっぱりと言い切る英智に、レオポルトは視線を落とした。少しなにか困ったような顔で考えこんだあと、髪をかきあげ、英智を抱き寄せた。

「確かに……想像ができない。おまえがあいつに抱かれている姿なんて。考えただけで、地獄から甦ってしまいそうだ。ふたりを殺しかねない勢いで」

レオポルトの言葉にほっとした。彼が人間としての心で自分を愛しく思っていることがわかって。しきたりどおり、別の相手との婚姻をすすめてはいたものの、それが彼の本心でさえなければそれでよかった。どのみち自分が彼を殺すことなどないのだから。

「おまえが無事に生きていけるようにしたい。私がいなくても死なないように。一年に一度、奇しくも、明日から死者の日の祭だ。死者と生者が触れあう唯一の。そのときに、生贄を捧げれば……おまえの命は……完全に甦る。だが、かなりの危険を伴う」

「生贄って。まさか……神殿で生きたまま心臓を抉り出されるやつじゃないよな？」

「それはアステカの生贄方法だ。私たちは違う。家族の心臓と血を捧げるだけだが」

家族の心臓と血。家族といえば、母しかいない。母を犠牲になんてできない。

「いいよ、そんなこと考えなくても。俺があなたの命を奪うなんてことないから」

英智は半身を起こし、腰のところに差しこまれた銃をとり、銃身の長さ、装塡を確認した。すると、すぅっと後ろからレオポルトに抱きしめられる。

「……いいんだ、なにかあったときは、それで私を殺せ。ペドロと婚姻しなくても、おまえが生きていけるようにするから」

「でも母さんを犠牲にすることは……」

「そんなことはしない、ちゃんと考えるから。だからなにかあったときは私を殺す勇気を持つんだ」

銃を手にした英智の手首をつかむと、レオポルトは手の甲に誓いを立てるように唇を落としてきた。軽いキスだった。けれどとても大切で、神聖で、愛しいものに触れるような、その唇の辿る動きに英智は息を詰めた。

「殺すなんてこと……俺は……」

「綺麗な心、清らかな魂、おまえの心が穢れることはない。聖なる泉に祝福されたのだから。愛することや愛されることしか知らない。うらやましいほど愛に包まれている。この銃創すら、愛のための訓練によるものだ」

英智の指にかすかに刻まれていた痕に、レオポルトはまた唇を近づけた。

（違う……俺はそんな綺麗な心の持ち主じゃないのに……）

嫉妬していたのに。独占欲を感じていたのに。そんな自分の心の影を払いたくて、英智はかぶりを振り、ジーンズの腹部に銃を差しこんだ。

「どうした、なにか憂いがあるなら、何でも私に打ち明ければいいんだぞ」

「いや、そういうわけじゃなくて……ただ……俺は全然綺麗じゃなくて、あなたが誤解して、過大評価をしていることに申しわけなさを感じて」

英智がうつむくと、レオポルトが急になにか思いついたように身体をひきよせてきた。

「タンゴを踊らないか。前に約束しただろう。教えてやると」

「確かに約束したけど……唐突にタンゴなんて……わけわかんないし」

「ラテン男なら当然だろう。いきなり踊って、歌い出す。それにこのクルージングの間に、おまえにタンゴを教えておきたいんだ。でないともう教えられない気がして」

「だけど……急に踊る気になんて。だいいち何でタンゴ……メキシコならサルサのほうが」

「タンゴがいい。気持ちが整理できる。なにも考えず、音楽にあわせ、闘いあうように身体を絡めて踊っていると、自分の本能、本性、本音が見え、相手の心も見えてくる。だから私は自分の心がわからなくなったとき、タンゴを踊る」

踊る……誰と？　これまで誰と踊ったことがあるんだ。睫毛を瞬かせ、見あげた英智の腰をレオポルトが抱きこみ、ベッドから降りる。そしてリモコンをとり、音楽をかけた。スピーカーから流れてくる二拍子の、センチメンタルで気だるい官能的なタンゴアルゼンチーノ。

「見てみろ、自分の本音……それから私の本音を」

胸と胸とが密着し、下肢と下肢とが絡まりあい、ジーンズと腹の間にいれた銃が互いの身体を圧迫する。確かに自分もラテン育ちだと思った。だからすぐに気分が変わって、こんなふうに踊っているだけでわくわくしてしまう。とくにそれが好きな相手ならなおのことだ。

「そう、こっちに足を絡めて」

英智の手をつかみ、レオポルトが背中を抱いて巧みにリードしていく。ジャガーのくせに、半分人間ではないくせに。洗練されたタンゴダンサーのように美しく動くレオポルトが少しばかり憎たらしい。息が触れあい、胸と胸の間に互いの体温がこもり、身体を反転させるたび、シャツの上から乳首がこすれて、奇妙な疼きが身体の奥を駆け抜ける。

その疼きとともに湧いてくるのは、この男への愛しさ。自分のものだけにしたいという狂おしい独占欲。セヴァスと二度と会って欲しくないと思ってしまう醜い自分の心。

「なにか見えてきたか?」

耳元で問いかけてくるその低い声の囁きすら狂おしい。

どうしたのだろう、いつもあれほど激しく濃密に身体をつないでいるのに、タンゴを踊っているときのほうがずっと本能的で、ずっとエゴイスティックな自分の愛の形が見えてくる。

「見えてきた……とても恐ろしいものが」

「恐ろしいもの?」

窓から射しこむ光を吸いこみながら黒い眸が間近で英智を見つめる。こちらの本音を暴きだし、抉り出そうとするような眼差しだった。

「俺の心……あなたへの執着、独占欲……そして愛……怖いほどの」

独り言のように呟いたとき、顔に影がかかった。重なる唇。そして「私もだ」という彼の囁き。なまめかしい音楽に呑みこまれるように、英智は彼の背に腕をまわしていた。

それから数日間、ふたりでクルージングをして過ごした。タンゴを踊り、身体をつなぎ、海を眺めて怠惰に過ごし、食事をするだけの日々。

そうしている間に、死者の日の祭まであと数日になろうとしていた。

その祭は、ジャガーの帝国にとっても大切なもので、繁殖のシーズンのクライマックスにあたるらしい。祭の三日後の満月の夜、牡のジャガーたちは次の繁殖のシーズンまで人間の姿にもどる。一方、妊娠したジャガーはそのまま帝国に残り、出産する。

そのとき、ジャガーとして誕生する者、人間として誕生する者に分かれるらしい。

「祭の三日後、いったん帝国にもどる。そのときが、聖なる婚姻を済ませた我々の初めてのつがいとしての仕事が待っている」

「初めての仕事って?」

「祭を主催するだけだ。繁殖と繁栄を願っての。神殿で太陽神につがいになったことを証明し、新たに生まれてくる生命を導いていくと誓う」

「へぇ、そんな習慣があるんだ」

「面倒ですまない。決まりごとが多くて」

「でも、それは大事なことだと思う。きちんと生命を大切にしようとする気持ちがなかったら、そういう儀式は生まれないんだから」

「確かにそのとおりだ。おまえは私のそばにいるだけでいいから」

死者の日の祭の三日後ということは、母の結婚式の二日後ということになる。日程が重ならなくてよかったとほっとしながら、英智は甲板に横たわって蒼い海を見つめた。

信じられないほどの濃い色をしている。白い船の上のふたりを祝福するかのように、まわりには大量のイルカたちがやってきて、はじけるような勢いで波間を泳いでいく。

英智はクルーザーの手すりにもたれかかりながら、まわりに広がる海原を追った。

カリブの海を見るのは初めてだった。これまでメキシコから出たことがなく、内陸の高原地帯にあるグアナファトの周辺以外に行ったことがなく、海といってもカリブ側ではなく太平洋側に一度行ったことがあるくらいだった。こんなに美しい海が自分の国のまわりにあるのかと思うと、世界の広さ、そして自分の住んでいる世界の狭さを改めて実感する。

乾燥し荒涼としたサボテンの大地がある一方、多種多様な亜熱帯の生き物が生息する湿気の多い密林。かつての植民地時代の優美なコロニアル都市。今にも腐臭が漂ってきそうなスラム街。マヤやアステカのミステリアスな遺跡。

宝石のように美しいメタリックブルーの蝶やメタリックグリーンのコガネムシ、明かりの代わりになるヒカリコメツキムシ、赤藍黒のインコや蝶、ラフレシアの赤等、信じられないほどの色彩に満ちた美しい生物達の宝庫。けれどそのなかには、猛毒をもった蛙、トカゲ、蝶、蜘蛛、鳥、蛇たちも共生している。あらゆる美しいものも恐ろしいものも醜いものも聖なるものも共存している国なのだと改めて実感し、メキシコに生まれてよかったなと思う。

（そうか……この国は……レオポルトとセヴァスそのものなんだ）

陽と陰、光と影。陽気で明るいラテン人種、ギターとアミーゴ、笑顔とダンス。思いやりと愛に満ちた家族や一族の姿。その一方で、平然と殺人事件を起こす麻薬カルテルたち。苦悩を描いたフリーダ・カーロの絵や、自由を求めたリベラの壁画には、明るさだけではないメキシコ人たちの心の陰部が見え隠れする。恐ろしいけれど、この国が好きだ。

「今夜は土曜だ、カンクンの町のクラブやバーは明け方までひとであふれているだろう。静かに洋上で一夜を過ごそう」

確かに週末のリゾート地は午前零時を過ぎても若者の姿であふれている。

「メキシコでは、日曜の午前中に街中をうろついているのは観光客だけ。みんな、昼までぐっすり寝ている」

「大丈夫なのか？　仕事のためにきているんじゃ」

「いいんだ、今はおまえと過ごしているのだから、仕事のことは忘れたい」

レオポルトが顔をのぞきこんでくると、海から吹きあがる風に英智の前髪が揺れる。

「俺もそうだ、今はそうして欲しい」

クルーザーのデッキにふたりで座り、途中で買ってきたテキーラとタパスをつまみながら夕刻の海を眺める。夕陽がふたりを包んでいる。端整なレオポルトの顔に美しい陰を刻んでいた。成熟した男の、艶やかな色気に背筋がぞくりとした。

「綺麗だ、人間でいるときもジャガーのときも」

「どっちが好きだ？」

「どっちも」

「交尾のときはどっちがいい？　やはりジャガーとの行為は辛いか？」

「どっちも好きだよ。あなたに代わりはないから。ただ……」

「ただ？」

「眠るときは、ジャガーの毛や体温に触れているとほっとする」

そう呟くと、レオポルトはジャガーの姿になり、英智の身体を包みこむようにゆったりと前肢をデッキの上で折り曲げ伏した。ブラックジャガーの腹部を枕代わりにしてもたれかかり、目を細めながら、じっと夕陽を見つめる。胸から垂れた『尊い蝶』の目についたファイヤーオパールが夕陽を反射していた。まばゆい夕陽に染まった空と海が少しずつ溶けあって宵闇のなかに沈もうとしている。

世界が昼から夜に変わろうとする短い時間。

「おまえがそばにいてくれて本当によかった」

レオポルトの黒い前肢が肩に触れた、英智のうなじにくちづけしてくる。

「あまりにもおまえが好き過ぎて無性に哀しくなってくる」

「哀しくって、どうして」

「おまえの命が儚すぎることに。私がそばにいないとおまえが生きていけないことに……なにか間違いがあって、私と僅か一週間離れてしまうと、おまえの命は摘み取った花のように枯れてしまう。それが無性に哀しい。だから何とかしなければと思っている」

「いいよ、蘇生できただけでも感謝しているんだから」

「私は……おまえをもっときちんと生かしたい。私がいなくても、ペドロと結婚しなくても、きちんとこの世で生きていけるように。そのために牧場だって用意し、おまえに収入があるようにしたのだから」

「でも、無理だろ。だったら、俺はいいから。俺自身のことは、これ以上、なにも望んでいないから。それよりこの世からマフィアをなくすことや、ジャガーの帝国のみんなが無事に生きていけることを考えよう。あと母の結婚式も成功させたい」

「だがそれでは私の気が済まないんだ」

うなじに彼の吐息が触れる。

「私のすべてをかけて、おまえの命を作る。私に寄生しなくても、おまえが生きていけるようにしたい。それを私の愛の証明にしたい……何としても。おまえは私にとってマリーゴールドと同じだから」

「だけど、どうやって……」

レオポルトは答えなかった。英智はふっと笑った。そんなこと、できないくせに。でもそうしたいという気持ちから、無理なことでもしたいと口にするのは、メキシコ人のいいところでもあり、悪いくせでもある。ジャガーのときもラテン男なのか——と、つっこみたい衝動に駆られたが、その言葉に英智はいつしか涙ぐんでいた。できなくてもいいから、そんなふうに口にしてくれる彼の気持ちがうれしかったせいなのか。

自分のなかにいるどうしようもないほど大きなレオポルトへの気持ち。すさまじい愛が自分のなかに存在しているのが怖い。また獣となった彼に全身を貫かれたいと思う歪な感情。

空が暗くなるにつれ、藍色の空と海が同じ色に溶けあうのをぼんやりと見ながら、英智はジャガーにもたれかかり続けた。

クルーズが終わり、レオポルトは仕事での話しあいがあると言って、朝から護衛を連れてカンクンの邸宅を留守にした。

「死者の日の祭は明後日だ。今夜のうちに所用を済ませておく。そうすれば、死者の日の祭の間、私が消えたとしても、経営に支障を来さない。今夜は一緒にいられないが、おまえはこれで何でも好きにしていろ」と好きなだけ使えるカードを置いて。

（俺にこんなもの渡して、どうするんだよ。遊びも何もしないのに）

苦笑し、英智はポケットにカードをしまったあと、レオポルトの書斎に行き、ジャガー神の一族について書かれた文献を漁っていた。

するとレオポルトと一緒に行ったはずのペドロがもどってきた。

「明日までにあなたに伝えなければいけないことがあって。実は……レオポルトさまは、死者の日の祭の夜、あなたの母親を殺す予定です。生贄が必要だと話されていましたよね」

「え……」

英智はペドロの言葉に一瞬息を詰めたが、それ以上のリアクションは示さなかった。それが本当なのか嘘なのか何なのかわからず、下手な返答ができなかったからだ。

「いいんですか、それで。母親を犠牲にしても」

「レオポルトは母を犠牲にしないと言っていた。だから信じる」

「わかりました。では、せめてこれだけは知っておいてください」

ペドロは書棚から一冊の古い本を出し、ぱらりとページをめくった。

「これは……？」

「我々の婚姻の歴史です」

少し古いスペイン語で、彼らの婚姻の儀式について、絵入りの図で詳細に記されていた。ジャガー神のつがいの相手は、生贄という形でいったん死んで魂を捧げなければならない。蘇生したあとは、ジャガー神のそばにいないと生きていけない寄生生物になってしまう。

寄生した形でしか生きられないつがいの相手は、一週間以上、ジャガー神から離れてしまうと、生命を維持することができない。なので、正当な理由からジャガー神をその手で殺したときは、すぐに次のジャガー神と婚姻しなければ、根のない花のように枯れ果ててしまう。

(ここまではレオポルトから聞いたとおりだ……でも続きがある)

しかし次のページは半分以上、虫に食われていて、うまく解読できなかった。

ただつがいの相手の前に、血まみれの死体が転がっている絵が描かれていることだけはわかる。けれど半分ほどページがないため、それが誰の死体なのかはわからない。足だけしか見えないのだ。文字も半分ほどない。

「こんなものを読まされても、俺には何のことだか。俺はレオポルトから聞いたこと以外は、耳をかたむけないことにしているから」

英智は本を閉じ、ペドロに返した。

「あなたをジャガー神に寄生している状態から救うには、代わりに別の人間……あなたの最も大切な人間の心臓を神に捧げなければならない。その意味がわかりますか」

「だから母なんだろう」

「違います、よく考えてください。あなたにとって一番大切な存在が誰なのか」

「え……」

まさかまさか――――！

母ではなく、この世で一番大切な人間といえば……。

『私にもしものことがあっても、今の役員がいれば経営はうまくいく』

『収益はすべておまえの口座に』

『このクルージングの間におまえにタンゴを教えておきたいんだ。でないともう教えられない気がして』

次々とレオポルトの言葉が頭に甦り、もしかして彼はそのつもりだったのではないかという疑念が英智の胸に湧き起こってくる。

「そんな……そんなことって」

どうしよう、まさか彼は自分の心臓を捧げるつもりなのか。そんなことって。

「彼はそのつもりです。死者の日の祭……そのとき、あなたの手によって自分を殺させるはずです。そうならないためにはどうすればいいかおわかりですね」

どうすればいいか――――。

英智は自分の腰から銃をとりだした。どうすれば……なんて答えはひとつしかないではないか。彼を助けるためには自分が消えるしかない……と。

（もともと死んでしまった命だ。彼を犠牲にするくらいなら、俺が……）

呆然と銃身を見ていたそのとき、ふいに英智の携帯電話が鳴った。

「……っ！」

今まで誰からもかかってきたことがないのに。もしかすると、レオポルトだろうかと思ったが、かけてきたのはセヴァスだった。

『今、下のラウンジにいるんだ。一緒に呑まないか。ペドロと一緒に降りてこいよ』


下のラウンジに行くと、妖しいタンゴの音楽が流れているバーのカウンターでセヴァスが煙草を吸いながらテキーラを飲んでいた。

しどけない格好で、複数の男たちに囲まれて、とろりとした酔っ払った目で。

「無駄だよ、ペドロ、その男はぼくの母さんみたいに単純にだまされたりしないから」

英智の後ろにペドロを見て、冷ややかにセヴァスが言う。

「ペドロとどういう仲なんだ？」

「恋人のひとり？　あいつが一方的にそう思っているだけだけどね。ぼくは……寝てくれる相手なら誰でもいいから。感じさせてくれさえすれば」

英智の肩に手をかけ、内緒話のようにセヴァスが小声で囁いてくる。

「でも一番感じるのは、人間相手じゃない。きみも知っているだろう、肉食獣との交合ほど強烈なものはないってことを」

レオポルトとの関係を示唆《しさ》しているのか。セヴァスがそっとスマートフォンに入っている動画を見せてくれる。喘いでいる自身の自撮り動画だった。後ろからのしかかっているブラックジャガーに突きあげられ、甘い声を吐いているセヴァス。

「……最高だよね。人間でない相手とのそれが一番好きだ」

セヴァスの指先が英智の乳首に触れ、別の手がズボンの上から下肢をさぐってくる。ぎゅっと性器を押さえ付けられ、反射的に英智はテキーラのグラスをとって彼の顔にかけた。

「セヴァス、大丈夫か。この男、よくも」

「平気平気、気にするな。皮膚からもテキーラを吸収して、たっぷり酔っちゃうから」

笑いながら言うと、セヴァスは他の男たちの手からグラスをとり、次々とテキーラを飲み干していった。そして艶やかにほほえんだ。

「いい音楽だ。タンゴが流れている。踊らないか、英智」

「タンゴを？　俺があなたと？」

「レオポルトから習っただろう？　ぼくとレオポルトの真実が見えるかもしれないよ」

挑発的に見つめられ、英智は息を詰めた。

タンゴを踊ると本音が見える。そんなことをレオポルトが言っていたが。セヴァスが誰を愛しているか。セヴァスとレオポルトに関係があるのか。知りたい。けれど知るのが怖い。

そんな英智のためらいが伝わったのか、セヴァスはふっと笑った。

「勇気がないなら、いい。じゃあ、他に踊りたいひとは？　誰でもいい。今夜はこの曲をぼくと踊ってくれた相手のものになる。この音楽みたいに、闘うようなエロティックな時間が過ごしたい。めちゃくちゃにしていいから、ぼくを一晩中犯してくれる勇者は？」

煙草を口に銜えたセヴァスに、まわりにいる男たちが次々と手を出していく。全員をいちべつしたあと、煙草の煙を吐きだし、セヴァスはペドロの手をとろうとした。

タンゴ……本音がわかる踊り。レオポルトとつがいになったことで得た力。彼の愛情、彼への愛情は揺るぎない。だからなにも怖れない。

英智はペドロへと伸びたセヴァスの手を横から奪った。

「俺が踊る」

ぐいっと彼の腰をひきよせ、セヴァスの口から煙草を奪いとると、一口吸って、それを灰皿に投げ捨て、彼の細い身体を抱きこんだ。

「なら、今夜、おまえがぼくを犯してくれるのか？」

「犯したい気持ちになったら」

英智は挑発的に言った。するとセヴァスが妖艶に微笑した。

「悪くないね。ジャガー神のつがいが……夫の双子の兄を陵辱するなんて前代未聞だ」

「犯すか犯さないかは……あなたのダンス次第だ」

セヴァスの身体を抱きこみ、音楽に溺《おぼ》れるように身体を絡ませてタンゴを踊る。

英智は彼の内側からあふれてくる感情をつかみとろうと考えていた。

クルーズ船のなかで、毎日のようにレオポルトと踊っていたステップの、レオポルトのパートを英智が踊り、英智のパートをセヴァスが踊る。自分がレオポルトになってセヴァスと踊っているような奇妙な錯覚が湧いてくる。

この男はレオポルトの兄。最も血が濃くて、最も遠い存在。殺されたはずの人生を、母親の愛情によって生かされ、前の帝王の予言どおりレオポルトに死を与えたいと考えて生きてきた。愛しているのか、憎んでいるのか。

そのとき、またあの光景が見えてきた。

ブラックジャガーとこの男とのセックス。さっきの動画を見たときに感じたかすかな違和感の正体。あれはまやかしだ。

ジャガーになったレオポルトがセヴァスを抱いているのではない。獣のレオポルトに抱かれたことがあるからわかる。獣のとき、レオポルトはさっきの動画のような荒々しさで人間を抱いたりしない。それがわかる、愛があるから。

それにレオポルトは言っていた。獣と人間との快感を初めて知ったと。

(そう、だからわかる。あれは、ペドロだ。ジャガーになったペドロとセヴァスの情交。ペドロは半分だけブラックジャガーで、半分はふつうのジャガーだ。だから角度次第で、あんな動画が撮れる。一部だけ見れば、レオポルトとの情事のように見えるようなものが）

はっきりとそれがわかる。自分のほうが今は神に近いせいなのか。

「……っ」

なにか気づかれたのか。とっさにセヴァスは英智の腕から逃れようとしたが、そのまま英智は彼の肩をテーブルに押し倒した。そして上からのしかかった。

「ん……っ……ふ……っ」

唇をふさぐと、もっと確かなものが見えてきた。悲痛なこの男の叫び声。それからペドロとの会話が。

愛しているのに、絶対に結ばれないなんて。どうしてぼくは彼の双子の兄なんだろう。愛しているのに、ぼくは神に選ばれなかった。彼も肉親以上の愛を与えてくれない。だから殺したかったのに、もう今のぼくはレオポルトを殺すことはできない。

そんなセヴァスの嘆きの次に、ペドロと彼が褥のなかで相談をしている光景が見えた。

『英智は、きっと自殺する。自分のためにレオポルトが死ぬつもりだと伝えたら、あいつはその前に自分自身を殺してしまうはずだ』

『英智が死ねば、再びぼくにレオポルトを殺す資格がもどってくる。そしてレオポルトを殺し、命の実を飲み、おまえと結婚しろと？』

『そうだ。兄弟での婚姻は許されないが、従兄同士では可能だ』

『でも命の種がぼくを選ばなかったら？　言っておくけど、ぼくは清らかな魂も正義感も持ち合わせていないよ。それに、ぼくは、父親に呪いをかけられた身だよ』

『レオポルトが死ねば、その呪いも解けるじゃないか。そうなれば、おまえは自由だ』

『別にレオポルトが死ななくても、新たなジャガー神のつがい夫妻——彼と英智が呪いを解いてくれれば、ぼくはいつでも故郷に帰れるよ』

『これまでさんざん裏切ってきたおまえを、あいつが赦してくれるものか。母親をそそのかしたのは誰だ。アレナスにアマカの情報を流したのもおまえだ。あいつの許可をもらうなんて面倒なことをしなくても、英智を殺せばそれで済む話じゃないか』

ジャガーに変身したペドロがセヴァスにのしかかり、ふたりの濃密な交合が始まった。身体の半分は黒い被毛に染まっているペドロ。横からだとブラックジャガーにしか見えない。その動画を撮って、セヴァスは英智の反応を楽しんだのだ。

（やっぱりそうか。セヴァスの相手はレオポルトではなく……ペドロだった。そしてセヴァスが愛しているのはペドロではなく……俺が思ったとおりだった）

胸にあてた手のひらから、セヴァスの真実が伝わってきた。歪んだ愛、報われない哀しい愛、そして憎しみ。乳首に指先で触れたあと、英智は彼から離れた。

「ぼくを犯さないのか」

斜めに見あげる美しい眸を見ていると、涙が出てきた。あまりにも彼の心が痛くて。そしてどうすることもできない自分が歯痒くて。

「抱く気になれない。自分を自分で痛めつけているような愚かな相手を」

「何だと」

半身を起こしたセヴァスの両肩に手を置き、英智は祈るように言った。

「もっと自分を大切にして欲しい、義兄さん」

「……っ」

「本当は彼も肉親として、あなたを愛して……信じているから」

セヴァスが目を眇めて英智を睨みつけ、眉間に凶悪なしわを刻んだ。英智はもう一度彼の唇にキスすると背をむけ、涙を流しながらその場をあとにした。

ラウンジの外に出るとき、追いかけてこようとするペドロの姿が壁の鏡に映っていたが、その腕をセヴァスがつかみ、後ろから彼に抱きついている様子が見えた。

死者の日の祭の間、どこかへ姿を消さなければ。

レオポルトを殺したくないし、自分もペドロに殺されたくない。セヴァスにも愛してもいないペドロと結婚するような真似をさせたくない。

それからレオポルトに伝えなければ。ペドロを信じてはいけないことを。

とりあえず死者の日の祭が終わるまで、英智がレオポルトからもペドロやセヴァスからも離れていれば、レオポルトの死という恐ろしいことだけは避けられる。

「祭の間、俺、あなたとは会わないから。祭が終わったら、母さんの結婚式で再会しよう」

英智はレオポルトに電話をかけた。

『駄目だ、死者の日しかチャンスがないんだぞ。私を信じて従うんだ』

「俺のためにあなたを犠牲にしたくない。俺は儚い命のままでもいいから。今のままで充分幸せだから。それよりも、セヴァスを救ってあげて。このままだと彼は……どんどん罪を重ねてしまう。あのひとをペドロから守って」

英智は電話を切り、携帯電話のGPS機能を切った。カードを使って現金をひきだしたあと、足跡がつかないようにカードを切り刻んで捨てて、カンクンの空港へとむかった。

カンクンから飛行機に乗ってグアナファトにむかう。

なつかしい故郷のグアナファト。十月末だというのに、グアナファトは息苦しいほどに暑かった。死者の日の祭を前にして、街には、祭の飾りつけがほどこされている。

グアナファトに着いてすぐに、英智は東洋系のバックパッカーたちと同じ安いホステルにチェックインした。母の結婚式まで、この街のどこかで観光客として身を潜めていれば、自分が死ぬようなことも、レオポルトを殺すようなこともないだろう。今のところ、英智を追って、ペドロやセヴァスの手の者が追いかけてきている感じはしない。

（これでも警察官だった。尾行されればすぐにわかる。それに……アレナスの部下たちにも、俺が生きていることがばれている様子はないらしい）

街に人があふれている騒然とした時期なので、中国からの大量の観光客にまぎれていれば、英智が目立つことはないだろう。

昼間は観光客たちのあとをついて、祭の様子を見学する振りをする。

太陽は十月末でも燦然と煌めいている。ピンク色や黄色、青色の華やかな色の建物が太陽を浴びて極彩色の宮殿のように見えた。

さわさわと花が揺れる火焔樹の木々。

街のざわめき、行き交う車、死者の日の祭の準備をする人々の姿。

この祭は、今世紀に入ってから「死者にささげるための先住民の祭礼行事」として、ユネスコの無形文化遺産に登録されたらしい。

メキシコ人にとって盆にあたる「死者の日」は、毎年、他の国ではハロウィンといわれている十月末日から始まり、三日間、盛大に祝う。その間に、故人の魂がこの世に戻ってくるとされ、各家庭に祭壇が設けられ、先祖の墓を飾りたてるのだ。

楽しく笑っている骸骨の人形や、骸骨の仮装をした男女。なかには骸骨のマスクだけをつけたひともいる。

街中、あざやかでみずみずしいオレンジ色のマリーゴールドで埋め尽くされる。

ちょうどこの時期は、メキシコにとってトウモロコシや豆といった、農作物の収穫期でもあるので、豊穣の祝いでもある。先住民の祭だが、今ではカトリックの祭と融合し、各教会にある墓地では、故人の墓の前で酒を酌み交わしている。

それから盛大に食事をとり、マリアッチ楽団を呼び、故人が好きだった歌をリクエストするのがならわしだ。強い芳香と目につくような色彩をもったマリーゴールドの花を街中に飾ることで、亡くなった人々の魂が迷うことなくそこにもどってくると信じられている。

他にも真紅のケイトウや純白の霞草も切なく街中を彩っていた。

亡くなった先祖の魂がこの世にもどってくるつかの間、生きている家族や仲間と交流を楽しむのだが、英智の目には、あちこちで死者と生者とが入り交じって遊んでいるように見える。レオポルトのつがいになったことで、視界が変わっただろう。生者のそばで一緒に酒を飲んでいる死者の姿が何となくわかるのだ。

『英智、違うよ。死者の姿が見えるのは、おまえが死者だからだよ。だから今日は、私にもおまえの姿が見えるんだよ』

はっとその声に振り向くと、目の前に祖母が立っていた。白い薔薇で髪を飾り、首からファイヤーオパールのネックレスをさげ、純白に赤い刺繍が施されひらひらとしたメキシコの民族衣装を身につけた祖母。その顔はまだ二十歳くらいの若さだった。

「おばあちゃん……還ってたんだ。綺麗だ、若いころ、ものすごい美人だったんだね」

『ああ、おまえは私に似たから、そんなにいい男に育ったんだよ。それにしても、英智、ジャガー神のつがいに選ばれたなんてすごいじゃないか。私はおまえが誇りだよ。神のつがいとして生きていくのは大変だけど、おまえしかできないことがあるはずだから』

祖母はぎゅっと英智を抱きしめた。同じように祖母を抱きしめようとしたそのとき、しかし祖母の姿は忽然と消え、なぜか空から夥しいほどのマリーゴールドが降ってきた。

「おばあちゃん……」

胸の『尊い蝶』にはめこまれたファイヤーオパールが熱くなり、英智はそれをにぎりしめて空を見あげた。雪のように、マリーゴールドの花が降ってくる。マリーゴールドは、無数の花びらのなかに二十の花の命が詰まっていると言われ、太陽の色と熱を封じこめられているらしい。だからこの日、命の象徴として街を彩るのだ。

(そういえば……レオポルトは俺がマリーゴールドだと言っていた。とっくに死んでいるのに、どうして命の象徴のような言い方をしたのだろう)

そんなことを思いだしながら、空から降ってくるマリーゴールドに英智は手を伸ばした。祭が最高潮にむかっているのか、どこからともなく、華やかなマリアッチの楽団の音楽が聞こえてくる。人々の歌声や、あちこちで踊っている人影。

降ってきたマリーゴールドの花の中央に溺れるように立っていると、背中に鋭い視線を感じた。心臓まで射貫くような鋭利な視線。はっとして英智はふりむいた。

すーっと獣の影が揺れる。聖母の姿をした骸骨の人形と、あざやかなマリーゴールドの飾りつけがされた祭壇の後ろから、ふわりと一匹のブラックジャガーが現れる。

「レオポルト……どうして」

「おまえのためにきた」

低い声がマリアッチの音楽と共に聞こえてくる。

「俺はあなたを犠牲にしたくない。あなたの心臓なんていらないから」

一瞬、考えこんだように唇をひき結んだあと、ブラックジャガーは舐めるように英智の全身を見つめ、いつもの優雅な笑みを浮かべた。

「ペドロは追放した。呪いをかけたので、二度と故郷にもどることはできない。おまえに近づくこともできない」

「え……」

「もともとあいつの裏切りには気づいていた。だから仕事を手伝わせなかったし、何の権利も与えなかった。だが追放するわけにもいかなかった。私になにかあったとき、あれでもジャガー神になるのは彼しかいなかったのだから。一応の後継者として、そして心に裏切りの種を抱えた者として、そばで監視しながら、しかし信頼はせず泳がせておいた」

そういうことか。

「だがあいつはおまえを罠にはめ、自殺させようとした。かろうじて、セヴァスの機転で何とかなったが、あいつが電話をしなければ、おまえが自殺しなかったとしても、あいつは自殺に見せかけておまえを殺すつもりだった。あの本を見たおまえが、絶望して自殺したとでも言うつもりだったのだろう」

「何だって……」

セヴァスの機転……。だとすれば、セヴァスはレオポルトの味方なのか？

（でも……セヴァスはレオポルトに……愛と憎しみを持っていて……母親をそそのかして父親を殺させて……）

訳がわからない。レオポルトがセヴァスにだまされているのか？　確かあのとき、手のひらを通してセヴァスの本音が聞こえてきたが。

「あいつのことはいい。この繁殖期に、次のブラックジャガーの候補がどこかに誕生するだろう。それよりも問題はおまえだ」

「だからって、俺のため、あなたが犠牲になるというのはナシだから」

「それなら、おまえを殺して、命の種をとりだしてセヴァスと結婚し直すぞ。いいのか」

ブラックジャガーの姿のまま、彼が近づいてくる。

「それなら、俺を殺して。どうせ死んでいるんだし」

「どうしてそんなことを言う。どうして助かりたいと私に言わない。どうしていつもおまえはそうやって、自分の命を粗末にするんだ」

「粗末にって……」

「私が渡した銃があるだろう。それを出せ」

「これ？」

英智は銃を出した。

「それを私にむけろ、さあ早く」

いきなりなにを言うのか。一体レオポルトはなにがしたいのか。

「こんなものを、あなたにむけてどうするんだ。絶対殺さないから」

「大丈夫だ、早く勇気を出して私の心臓を撃て」

「——っ！　バカな」

「でないと、今すぐおまえを嚙み殺すぞ。母親の結婚式はどうするんだ？」

「レオポルト……」

銃を手にしたまま英智が一歩あとずさると、レオポルトが一歩前に進む。

少し横に足をずらすと、同じように彼も進む。

肘があたり、隣にあった祭壇が音を立てて崩れ落ちる。あちこちから聞こえてくるマリアッチの音楽。それに花火のような音が聞こえる。

「もうやめようよ。俺、イヤだから。こんなの。この銃を返すから、やめよう。俺にはできない」

「怖がらなくていい。ためらう必要もない。いいかげんにしないとおまえを殺すぞ。さあ、早く撃て」

無理だ。どうして彼を撃たないといけないんだ。なぜ、こんなことをいきなりしろと言ってくるのか。死者のままでも、彼に寄生したままでもいいのに。

「私とのつながりを深くするため、撃て。死者の日の祭の間に、私を死者として葬れば、私の命が代わりに生贄となり、おまえは無事に生き延びることができる。私に寄生しなくても、おまえは生きていられる。誰にもたよらなくても、おまえ自身の命の力で」

「そんなの……そんなのことのために、あなたを撃つなんてできない」

「駄目だ、撃つんだ。セヴァスから聞いただろう、私を撃てば、生き残れると」

そう、確かに彼の心からそんな言葉が聞こえてきたが。

「愛する相手を死者の日の祭壇に生贄として捧げろ。そうすれば、おまえは私がいなくても生きていけるんだ、私はおまえが愛しい。だからおまえに残酷な人生を歩ませたくない」

だから殺せだなんて、どうしてそんなひどいことを言うのか。

この男を俺が殺せるわけないのに。大好きなのに。愛しいのに。この男と一緒に生きていきたいと思っているのに。

そう思ったとき、マリアッチの音楽がひときわ大きく路地に反響した。

この男と過ごした甘狂おしい七日間。朝陽のなか、ジャガーになったこの男と肉体をつなぎあわせたときの甘美な感覚が今も忘れられない。

怖かったけど嬉しかった。痛かったけれど、心地よかった。

だからできない。ここで殺せば、自分の命は自由に解放される。だけど引き金がひけない。

銃を持つ手をふるわせる英智に正面からゆっくりと近づき、ジャガーは痛ましそうな目で見下ろしてきた。

「できないだろうな。おまえは本当に弱い男だ。愛する相手を殺せないなんて」

「…………っ」

「私を愛してくれてありがとう。私の心臓をおまえに捧げさせてくれ」

次の瞬間、レオポルトが取った行動に英智は心臓を凍らせた。

ジャガーが飛びかかってくる。首を噛まれる。そう思って身体をこわばらせたが、一瞬にして、ジャガーから人間にもどったレオポルトは英智の手首をつかんだ。

「レオポルト……」

「おまえが生者になるためには……私の心臓を生贄にする……それが掟だ」

強引に英智の手をつかんで引き金にかけ、その胸にむかって、銃弾を放たせた。

強い振動に手が震えた。

「────っ！」

きな臭いにおい。はっと見あげたそのとき、レオポルトは静かにほほえんでいた。衝撃であたりのマリーゴールドが吹雪のように舞いあがる。

「……っ」

肉の焼ける匂い。声が出ない。どうしてこんなことを。ふっと彼の身体が大きく揺れる。反射的に英智は腕を伸ばしていた。

「……あ……っ」

彼の身体は再びブラックジャガーになり、祭壇に埋もれるようにその場に崩れ落ちていった。英智は急いでブラックジャガーを抱き起こした。胸には銃で撃ちぬかれた痕がある。

「どうしてこんなことに……」

ブラックジャガーの胸から流れていく血。心臓を銃弾が貫いている。自分の胸に銃弾が撃ちこまれたような痛みが英智の全身を貫く。

「……どうして……こんな……っ！」

ぐったりと英智の胸に倒れこんでいるレオポルトの背を抱き締める。

「私は間もなく消滅するだろう……おまえは……もう大丈夫だ」

「消滅って」

英智の手が真っ赤に染まっていく。レオポルトは、吸血鬼が灰になって消えていくようにその場で消滅した。ブラックジャガーの身体のまま。

8　蘇生と再生

どうして自分の心臓を捧げようとするのか。どうしてあんな行動をとったのか。

突然のレオポルトの消滅に呆然としている英智を、母の宿泊しているホテルまで送ってくれたのは、皮肉にもセヴァスだった。

『レオポルトに感謝しろ。これからあんたは人間としてふつうに生きていける。だからって完全な生者になったわけじゃない。すでに死者であることに代わりはないけど、彼に寄生しなくても、死んでしまう心配はない。この世界で生きていく権利を手にしたんだ。生者と同じように、この世界のなかで一人の力で生きて行けるんだ。喜べ』

『だけど……だけど……レオポルトが……どうしよう……俺……』

『だからこそ生きるんだ。いいな、自分から、死者の世界にもどったら駄目だぞ。彼がせっかく自分の心臓を犠牲にしたんだ。生き抜くんだ。母親の結婚式に笑って参加しろ』

わかっている。本当はショックのあまり、あの世にいってしまいたい。この世界で生きていく権利を放棄したい。けれどレオポルトが自身の消滅を覚悟して心臓を捧げてくれたのに、自殺なんてしてしまったら彼の死の意味がなくなる。だから自分から死ぬことはできない。

『おまえの手で彼の心臓を生きたまま捧げる——それしか方法はなかった。失敗したら、おまえもレオポルトも同時消滅していた。危険な賭だったが、さすがレオポルトだ、よく無事にやり終えたと思うよ。そうだ、ぼくも呪いが解けたんだ。これからは自由に帝国に出入りできる。帝国も繁殖期が終われば、次のブラックジャガーが生まれる。きみはその子を育てなければならないよ。何ならぼくも手伝う。それにしても本当にすばらしい男だよ、彼こそ真のジャガー神だ』

涙も流さず、清々しそうに笑うセヴァスの姿が信じられなかった。やはり彼らは、人間とは違うのか。だからそんなふうにあっさり捉えることができるのか。

『さすがレオポルトって……よくそんなことが……俺は……俺は……』

死者の日の祭の三日間、婚約者と街の観光をしている母に、少し体調を崩したと言って、英智はホテルの部屋で泣き続けていた。

一晩中灯ったろうそくの明かり。あの世にいる人達の魂を導き、迎えるための光。

『日本の送り火の風習とも似ているわね』

母の言葉が胸に響いた。

「何で……何でいなくなっちゃうんだよ」

英智は人けの少ない裏口へとむかった。帽子を目深にかぶり、膝まである黒いマントの裾を翻しながら英智は、聖なる死者の祭で賑わう街を進んだ。

街中に飾られた骸骨の祭壇。聖母マリアの姿をした骸骨。

ミステリアスなマリーゴールド。色とりどりの骸骨のお菓子。

人々がくりだし、街は秋空からは想像もつかないほどの熱気に包まれている。

けたたましく音楽が鳴り響き、花火があがり、ふだんは静かな路地裏でさえ、祭の日特有の喧噪に包まれていた。骸骨の仮面をつけて笑っている人々。グアナファトの中心にあるカテドラル広場へと出ると、骸骨のようなペインティングをした大道芸人のまわりに人だかりができていた。

レオポルトの心臓を捧げたおかげで、生者と同じように生きていく権利を手にしたせいか、もう英智の目には、死者の姿は見えない。祖母の姿もない。もしかすれば、レオポルトの魂と出会えるかもしれないと期待したのだが、まったく死者が見えなくなってしまったのだ。

（せめてレオポルトに会えたら、文句のひとつも言えたのに。どうしてこんなバカなことをしたのかと責められたのに）

頭蓋骨の祭壇には、死者のパンといわれている円形の骨をかたどったもの。砂糖がまぶされ、オレンジの味がする。

死者のパンを食べながら、英智はペンダントをにぎりしめていた。

死者の魂があるのなら、レオポルトの魂をここにもどして欲しい。彼がいないのに、帝国でひとり、次のブラックジャガーを育てるなんて……そんなことできない。

祭壇には、空気を浄化するための塩と命の根源の水、さとうきび、果実、カカオとスパイスで作った食事やチョコラッテが備えられている。その祭壇にレオポルトの身体の跡の残っていた灰を供え、英智は涙を流しながら彼の復活を祈った。

(お願い、おばあちゃん、レオポルトを甦らせて。お願いだから)

ろうそくの火。揺らめく死者たちの明かり。マリーゴールドの花がひらめく。

だが死者の日の祭の間に、レオポルトが蘇生することはなかった。もちろんそんなことが不可能なのはわかっていたが。

騒然とした祭が終了し、母の結婚式となった。

「ありがとう、英智。本当にうれしいわ」

「おめでとう、お母さん。母をどうかよろしくお願いします」

母の相手は優しそうな、それでいてけっこうなイケメンの、十三歳年下のドイツ人だった。

神の前で母が新しいパートナーと愛を誓う。

(俺だって誓ったのに……彼とつがいになると……彼と一緒に生きて死ぬって)

胸が痛くなってきた。どうしてあの男は、あんなふうに死を選んだのか。その意味が今もわからない。帝王だったじゃないか。神だと言ったじゃないか。

(それなのに)

死者の日に死んでしまうなんて。

『英智……おまえが愛しい』

『おまえを誰のものにもしたくない。だから哀しい、おまえの命が儚いことが』

そのときそのときの彼の言葉を思いだして胸が痛む。

今にも泣きそうな英智とは対称的に、母の結婚式を祝い、楽団が情熱的で官能的な音楽を演奏している。

演奏が変わると、ワッとにぎやかな喝采が沸いた。そのとき、戸口に現れた男のシルエットに、英智の鼓動は落雷に打たれたように激しい衝撃を感じた。

「え……」

すらりとした長身、褐色の肌、綺麗な癖のない黒髪をさらりと垂らし、初めて会ったときと同じような白と黒の時代装束に身を包んでいる男。

「どうして……」

顔の全体を黒い仮面で隠しているが、美しく整った目鼻立ちや目元やくっきりとした鼻梁、一切の甘さを削ぎ落としたような鋭利な相貌の稜線ははっきりとわかる。

それに、しなやかなたくましさを備えた体軀も彼のもの以外なにものでもない。

「レオポルト……」

ふいに男がこちらに視線をむける。黒い仮面からのぞく黒々とした双眸。

ふたりの視線が絡んだ瞬間、英智はがくがくと震えた。

(どうして生きて……灰になって消滅したのに)

列席者が見守るなか、男はすさまじいほどの美しい旋律のヴァイオリンを披露した。さらりとした長い髪がヴァイオリンの弓とともに揺れる。


「──何で……生きていたんだよ、どうして蘇生するって教えてくれなかったんだよ」

「どうしてそのことをおまえが知らないんだ」

「え……」

レオポルトの問いかけに、英智が硬直していると、母が近づいてきた。とりあえず英智は母と婚約者にレオポルトを紹介した。

「じゃあ、ついでにあなたたちもここで結婚式を挙げたら?」

「彼、カトリックじゃないんだ。だからいいんだ」

「そう、素敵ね。でもよかった、英智に愛する相手ができて」

脳天気に喜んでいる母。新しいパートナーとは同じ学者同士、深い信頼関係で結ばれているのがわかり、今度こそ母が幸せになってくれる気がして英智はうれしかった。

しかしなによりうれしかったのは、死んだと思っていたレオポルトが蘇生していたことだ。

「ひどいよ、どうして蘇生するって言ってくれなかったんだ」

「死者の日の祭りのあと、繁殖シーズンの終わりを祝う祭のため、ここにもどると約束したのに、私が復活すると想像もしなかったのか？」

「するわけないだろ。なにも聞かされていなかったんだから」

帝国の神殿の奥に落ち着くとそんなふうに説明され、ほっとして目頭が熱くなり、英智は涙を流した。

「おまえは死に、アマカの与えた種と私との行為によって復活した。このままおまえを不完全な種として生き続けさせるのは忍びなかった。死者の日に私がいったん死ねばすぐ蘇生でき、死者同士、我々はたがいに寄生することなく、同じ生き物として生きていけるから」

蘇生しあった者。死者の日にしか行えないこと。

「それならそう言ってくれないと。俺はあなたを喪ったと思って……」

「セヴァスがそう説明しておいた、だが英智が怖がって躊躇していると言っていたんだ」

するとうしろから現れたセヴァスが楽しそうに笑いながら言った。

「ごめん、本当は言い忘れてたんだ」

「言い忘れたって……だって、レオポルトが消滅したあとだって、一言も」

「あんまりきみが泣いているから、かわいくて」

「な……」

「だって勝手にぼくとレオポルトが寝ていると勘違いしたり、ぼくを抱くと言ったりして、タンゴに誘いながら、ぼくのような愚かな男は抱けない、自分を大事にしろなんて憎たらしいことを言うから、ちょっとばかり泣かせてやりたくなったんだよ」

「ひどい……俺は本気でレオポルトを喪ったと絶望したのに」

「その分、あとからの歓喜が大きくてよかったじゃないか。どうせ三日後には再会できたんだ。その間くらい、きみを嘆かせたってかわいいもんだよ」

父親にかけられた呪いが解け、帝国のなかに入ることができたらしく、セヴァスは繁殖終了の祭の見学がしたいからと、二人についてきてしまった。

「セヴァス……おまえというやつは」

「まあいいじゃないか、レオポルト。とりあえず丸く収まったんだし、ぼくも楽しめたし。ペドロの裏切りの証拠もつかめたしさ。彼がぼくにレオポルト暗殺計画を相談するまで、何度も彼と寝て、信頼させたんだから、少しくらい意地悪したって罰が当たらないだろう」

「じゃあ……あなたは……本当は……」

スパイとしてレオポルトに協力していたのか。

「違うよ。別に協力していたわけじゃない。ただあの男がアレナスに操られていることにムカムカしていただけだ。アレナスからぼくを奪うとか言って、結局、とりこまれて、言いなりになって、帝国の遺産をずいぶん横流ししていた」

セヴァスは忌々しそうに吐き捨てた。

「だからって別にレオポルトために彼と寝たんじゃないよ。ジャガーのオスと寝てみたかったんだ。どれだけの快楽をくれるか試したかっただけだ。彼、半分だけ黒かったから、レオポルトを自分のものにしているみたいで、倒錯的な気持ちになって燃えたよ」

セヴァスはそれだけ言うと、謝礼代わりに一生優雅に暮らせそうなほどのメキシコオパールをレオポルトからもらって、神殿をあとにした。

彼を見送ったあと、レオポルトは英智を抱きしめた。

「あいつに振り回されたな。悪かった、説明不足で、おまえを嘆かせて。だが私が言うと、効力がなくなる可能性があった。本気で命を捧げたいと願う私と私の再生を願うおまえの祈りがあってこその結果だ。兄には呪いを解く代わりに、私の復活を伝える役目を任せたのに、とことん根性の歪んだやつだ。……兄を信じた私が愚かだったのだが」

「いや、俺も見事に彼にだまされたから。タンゴを踊ったとき、胸に触れて、彼の気持ちがわかったと思ったけど」

それを知ったうえで、彼はわざと一番大事なところを知らせなかったのだ。あとでこちらを困らせるために。彼らしいというか、何というか。

「待て、今、聞き流しそうになったが、あいつとタンゴを踊ったのか」

レオポルトがはっとして眉をひそめ、英智のあごをすくって鋭い目で睨みつけてきた。

「あ、ああ。だってタンゴを踊ったら、相手の真実がわかると言ったじゃないか。だから踊ってみた。でもだまされたよ、肝心の本音を見せてくれないんだから」

「当たり前だ。あの性悪で、ビッチで、歪んだ性格の持ち主が、素直におまえに本音のすべてを見せるわけがないではないか。うかつに踊ったりするな、危険だぞ」

「でも、ペドロのことにしても、アレナスのことにしても、こっちの味方だったじゃないか。それなのに性悪なんてひどい言い方しなくても」

「あいつは、別に私を思って協力したんじゃない。ただプライドが高いだけだ。裏切り者の分際でペドロが自分を欲しがっていることにもムカついていたし、アレナスがペドロを通じて、帝国の遺産を奪っていたことにも腹を立てていたんだ。だから彼らへの嫌がらせとして私に協力したに過ぎない」

「……っ」

その思考回路が英智には理解できない。そんなに歪んだ発想を抱いたことがないので。

「きょとんとした顔をして。おまえにはわからないだろうな。あいつの複雑怪奇な、歪んだ自分勝手な行動の意味が」

「ごめん……俺……あまり賢くないから」

「それでいいんだ。わからなくて。わかるような相手なら、つがいに選んだりしない」

「でも俺、あなたが思うほど綺麗じゃないよ。セヴァスとのことを疑ったし、嫉妬もした」

「あいつは、何度もおまえに意地の悪いまやかしを仕掛けたようだな。だがいつもおまえは私を信じ続けた」

セヴァスの誘惑。彼が見せた幻影。あのままあの幻影を信じて、負けていたらと思うとぞっとする。

「そうだね、結局、あなたを信じることで、そうした自分の心の醜さを乗り越えられた」

「それでいいんだ、それで。嫉妬や醜さを持たないやつなんていない。その心の闇に取りこまれることなく、あいつの毒に負けることもなく、そこを乗り越える清らかさこそが、真の美しさだ。おまえを好きになったのは、その真の美しさがあるから」

レオポルトはそう言って、英智に唇を重ねてきた。あたたかくやわらかな唇。たがいに同じ生き物になったせいか、これまでよりも彼の体温が少し低くなって、より優しく、より神聖なくちづけに感じられた。ああ、同じ生き物になってくれたのだという実感が湧き起こり、英智の眸に涙がにじむ。

「また泣いたりして、どうしたんだ」

「うれしくて。あなたが危険をおかして、俺のために心臓を捧げてくれたことが」

セヴァスにはたくさんウソをつかれたが、失敗したら大変なことになっていたと告げた言葉は本当だろう。

「私がしたくてしたことだ。ということで、英智、これからも私と生きていくか」

「当たり前じゃないか」

「復活を祈ってくれてありがとう。おまえの祈りの声は聞こえてきていた」

レオポルトは英智にくちづけしてきた。そのまま敷物の上で、久しぶりの情交を楽しむ。

いつものように、モルフォ蝶がひらめくなか、太陽の光をきらきらと『尊い蝶』の目にはめこまれたファイヤーオパールが反射させるなか。

「ん……ん……」

音を立てて上唇を吸われ、身も心もゆっくりと解きほぐされていく。英智は手を伸ばし、しがみつくようにレオポルトの背を抱きしめていた。

生きてくれていてよかった。いや、復活してくれてよかった。

「ん……っ」

窓から入ってきたモルフォ蝶のメタリックブルーの光がきらきらと神殿を煌めかせる。

密林の風が肌を撫でていく。首筋を吸っていたレオポルトの舌先が胸へと落ち、小さな粒を嬲る。かっと甘ったるい熱が皮膚の奥から湧いてきた。

「……っん」

レオポルトが目を細め、まっすぐ英智を見下ろす。窓からまばゆいばかりの陽の光。今さらながら、明るいせいか、見られていることがどうにも恥ずかしくて肌が張りつめてきた。

手首をつかまれたまま、首筋に顔をうずめられる。

背中に爪を立て、自ら足をひらいて腰を浮かす。恥ずかしいけれど、喪ったと思ったことに比べると、こうして彼の腕のなかにいるのはとても幸せだった。

英智のひざを抱え、レオポルトが一気に奥を貫いてくる。

「あ……っ……ああっ」

ふたりが一体になり、同じ生き物として溶けあっていく心地よさが全身に広がっていく。

「好きだ……すごく気持ちいい。同じ生き物になったせいか……あなたのすべてを優しく……感じて……とても気持ちがいい」

「なら……夜は、ジャガーの私との交尾も試してみるか」

「ああ、楽しみだ」

したかった。久しぶりにジャガーのレオポルトと。そして確かめたかった。どんなふうにジャガーの体温を感じるのか。

「かわいい男だ、そんなことをうれしそうに言うとは」

腰を引きつけられ、レオポルトに激しく肉襞を抉られていく。くりかえされる激しい律動に英智の脳髄は快感に甘く痺れていた。

「あ……ああっ」

帝王の妻、花嫁。信じてよかった。信じたからこそ幸せになれる。

死者となり、蘇生して、たがいに同じ生き物としてこれから永遠に一緒にいる。

本当のつがいとして。

その事実を実感しながら、密林の奥の神殿で、英智は幸せをかみしめていた。その夜、ジャガーになった彼と溶けあうときの心地よさを想像しながら。

エピローグ

神殿の奥——うっすらと淡い幕のベールのむこうで、ブラックジャガーになったレオポルトが英智を組み敷き、濃密な情交をくりかえしている。

「英智……」

「レオポルト……好きだ……大好き」

ぎしぎしとベッドの軋む音。

「バカバカしい。あいつらのいちゃついている姿を見て、ぼくに何の得があるんだ。一ミリも勃起しない」

テラスの柱の陰に立ち、彼らの濃密な睦みごとを見学しても、自分の身体が甘く疼いてこないことに、セヴァスはふっと皮肉めいた苦笑を口元に浮かべた。

(ぼくの病気があいつらに伝染したようだ)

彼らに背をむけ、セヴァスは神殿の外につないでいた馬にまたがった。このまま船着き場に行く予定だった。カヌーの前まできて馬から下りると、待ち受けていたようにアルビノのジャガーが近づいてきた。この帝国の神官だった。

「どこに行くんだ」

「別に」

「もっとここにいればいいのに。レオポルトさまも望んでおられるぞ」

「とんでもない、こんなところ、今日を最後に二度とこないよ」

先代がかけていた呪いが解け、セヴァスは帝国への水路を自由に通ることができるようになった。なので、生まれて初めて自身の故郷に足を踏み入れた。

ずっと還りたいと思っていた故郷。拒まれているからこそ、愛おしく、切なく、見果てぬ夢のように美しい場所に思えていた。

「レオポルトさまは、ペドロの裏切りには厳しく断罪されたが、おまえさんのことは帝国の新しい仲間として迎えたいと」

「そういうのが嫌いなんだ。いっそぼくも断罪してくれたらよかったのに。表面的にスパイという形に丸く収めてくれたけど、本当は英智ごと、レオポルトが消滅してもおもしろいのにと考えていたんだから」

煙草を口に銜えながら、セヴァスは水路に泊まっているカヌーに足を下ろした。

「だがそうしなかった。ペドロが英智を殺そうとしていたとき、おまえは助け船を出し、タンゴを踊って、彼に本音を伝えた」

「彼がぼくとタンゴを踊りたい……と言わなければ、本音を伝えることもできなかった。あれは彼の一途な愛情の勝利だ。ということで、いつまでもあの脳天気なつがいのそばにいると、ぼくもバカになるので、早々にここを失礼するよ」

「いいのか、それで。ここで生きていくことも可能なのだぞ」

「ここで?」

セヴァスはあたりをぐるりと見まわした。

「まっぴらだよ。どうしてぼくがこんなところで暮らして行かないといけないんだ」

「こんなところだと」

「テレビはない、車はない、道路は舗装されていない、ヤドクガエルにタランチュラ、サラマンダー、果ては毒蛇にワニまでいる。こんなところで、大都会サンフランシスコ育ちのぼくが暮らしていけるわけがないじゃないか」

セヴァスは忌々しく吐き捨てた。

「だが、英智はすんなり溶けこんでいるぞ」

「ああ、だからあいつはレオポルトにお似合いなんだ。せいぜいふたりで、野生の王国の族長夫妻にでもなればいい」

「失礼な。ジャガー神とつがいにむかって」

「ぼくの目には、単なる原始人帝国の族長夫妻にしか見えないけどね。じゃあ、行くから」

「どこに……」

アレナスのところには戻れない。最後の最後に、レオポルトを助けてしまった。本当はスパイとして協力する気はなかったのに。裏切り者として処刑されるだろう。

「もう一度……人生をやり直すよ」

レオポルトと出会う前の自分に。ジャガーの血をひいていることを知る前の自分に。

「アレナスは、おまえさんに執着している。追いかけられるぞ」

「いいんじゃないの、それもぼくの人生だ。そのときは、アレナスを滅ぼすよ。まあ、レオポルトが倒すのとどっちが早いかわからないけど。彼、多分すぐ倒すだろうし」

カヌーが船着き場を離れていく。少しずつ水路のなかに入っていこうとしたそのとき、ブラックジャガーと、その傍らに立つ彼のつがいの姿が見えた。

あさやかなメキシコの空を背に、しなやかに。

アディオス、ミ・エルマノ、アディオス、ミ・アミーゴ——さようなら、ぼくの兄弟、さようなら、ぼくの友達。テンガ・スエルテ——幸運を。

心のなかで祈りながら、セヴァスは彼らに背をむけ、煙草を口に銜えた。

そんな自分の背を、彼らがじっと見つめていることに気づきながら。

煙草の煙とともにカヌーが水門に吸いこまれていくまで、ただじっと。

あとがき

こんにちは。本作をお手にとって下さってありがとうございます。

今回は、メキシコの密林に生息するブラックジャガー×人間です。テーマは異種間恋愛。舞台をラテン系にしたので昨年の黒豹よりも脳天気そうな、もとい、明るくて熱い二人になりましたが、いかがでしたか？　セヴァスの性格もラテン系のせいですね。中南米は治安面で気軽に行けませんが、大好きな国々です。光と影、陰陽、いろんな側面がありますが、私の知人は恋をして飲んで歌って、突然踊りだし、自詩を朗読する人ばかり。典型的日本人ゆえ、同じことはできませんが、見ている分には楽しいです。

色っぽくてかっこいいイラストを描いて下さった周防佑未先生、本当にありがとうございます。ラテン男の妖しい色気にくらくらどきどきしっぱなしでした。嬉しいです。

担当様、多大にご迷惑をおかけしてすみません。そしてありがとうございます。

読んで下さった皆様、ラテン系の暑苦しい話、少しでも楽しんで頂けたらうれしいです。よかったら感想などお聞かせくださいね。

華藤えれな先生、周防佑未先生へのお便り、
本作品に関するご意見、ご感想などは
〒101-8405
東京都千代田区三崎町2-18-11
二見書房　シャレード文庫
「ジャガーの王と聖なる婚姻」係まで。

本作品は書き下ろしです

CHARADE BUNKO

ジャガーの王《おう》と聖《せい》なる婚姻《こんいん》

【著者】華藤《かとう》えれな

【発行所】株式会社二見書房
東京都千代田区三崎町2-18-11
電話　03(3515)2311[営業]
　　　03(3515)2314[編集]
振替　00170-4-2639
【印刷】株式会社堀内印刷所
【製本】ナショナル製本協同組合

落丁・乱丁本はお取り替えいたします。
定価は、カバーに表示してあります。

ISBN978-4-576-15127-4

http://charade.futami.co.jp/

CHARADE BUNKO

スタイリッシュ&スウィートな男たちの恋満載

華藤えれなの本

黒豹の帝王と砂漠の生贄

黒豹か人間か——どちらとの交尾が好きだ？

イラスト＝葛西リカコ

幼い頃から獣の声が聞こえることで、孤独を感じてきた立樹。サハラ砂漠で、人間の姿をした豹の伝説を知り、もしかすると自分の出生に関わりがあるかもしれないと思う。そんなとき、突然、闇夜に紛れて現れた男に「おまえは私のつがいだ」と告げられ、肉体を蹂躙され……。ミステリアスな黒豹の帝王と孤独な青年の異類婚姻譚。

CHARADE BUNKO

スタイリッシュ&スウィートな男たちの恋満載

秋山みち花の本

神獣の蜜宴

狼の舌で舐められるのが、お好きなのでしょう?

イラスト＝葛西リカコ

東の森に住む銀色狼・レアンと暁の美神・リーミンは仲睦まじい番。天帝と互角の力を持つ龍神が美しすぎるリーミンに欲望を滾らせていることを知ったレアンは、神力を手に入れるためリーミンの母に仕えることに。けれどレアンを貶める母の酷い仕打ちにリーミンのほうが耐えきれず、彼の元を飛び出してしまい…。